MÉMOIRES

DE

SAINT-FÉLIX.

Toutes les formalités voulues par la loi ayant été remplies, je poursuivrai tout Contrefacteur.

Imprimerie d'A. Beraud.

MÉMOIRES

DE

SAINT-FÉLIX,

OU

Aventures d'un jeune Homme

PENDANT LA RÉVOLUTION;

Par **R.-J. DURDENT.**

TOME SECOND.

PARIS,

CHEZ ALEXIS EYMERY, LIBRAIRE,
Rue Mazarine, N°. 3o.

M.DCCC.XVIII.

MÉMOIRES

DE

SAINT-FÉLIX.

CHAPITRE XIII.

Séjour à la campagne. — Action généreuse d'Adèle.

ÉLISABETH demeura semblable à elle-même : je ne peux lui donner un plus digne éloge. Moi, je tâchai de mériter mon bonheur. On a vanté avec raison la félicité des peuples dont l'histoire n'a rien de remarquable : il en est ainsi des amours fortunées. Si nous eussions vécu à une autre époque, avec l'amitié de

II.   I

madame Lormeuil, et le plaisir que nous donnaient les progrès de Théodore, nos jours se seraient écoulés purs et sans nuages, jusqu'au moment de nous plonger dans le mystérieux avenir. Certes, le plus à plaindre des deux aurait été le survivant.

Mais nous habitions un sol volcanique, dévorant. Les années 1791, 1792 et le commencement de 1793, amenèrent des événemens, sur lesquels je frémirais de m'arrêter. Que la voix de l'univers les rappelle! il en a ressenti les suites; et le gouffre depuis si long-temps entr'ouvert n'est peut-être pas encore entièrement fermé.

Quitter la France eut été le parti le plus convenable; mais il n'était plus temps. Nous résolûmes, du moins, d'aller loin de Paris chercher le repos que l'on ne pouvait plus trouver dans cette bruyante capitale.

Madame de Forlise avait une très-belle terre près du lieu de ma naissance : elle penchait par sentiment pour l'habiter ; je l'y déterminai par raison. « Je n'ai plus entendu parler de mon très-cher tuteur, lui dis-je, depuis le moment où je lui ai avancé un peu plus que les frais de son voyage à Paris. Dans l'anarchie générale, il pourrait bien avoir fait son chemin : qui sait s'il ne nous sera pas utile ! »

Elisabeth réfléchit quelques instants. « Tu pourrais avoir raison, dit-elle, cet homme a de l'assurance ; il ne manque pas d'une certaine finesse (ici je souris involontairement) ; sans être méchant, il est capable d'avoir suivi le cours du torrent révolutionnaire, pour ménager ses intérêts , ou satisfaire sa vanité. »

Nous partîmes et fûmes bientôt établis dans une terre superbe. Tout y présentait , au printemps, le coup-d'œil le plus enchanteur. La perversité humaine n'avait aucune influence sur l'ordre immuable imposé à la nature par le souverain des mondes jusqu'à la fin des temps.

Monsieur et madame Lormeuil nous accompagnèrent. Eléonore profita de cette espèce d'exil pour multiplier ses études, principalement dans le genre du paysage. Quelquefois, quand le soleil disparaissait dans des nuages de pourpre et d'or, elle saisissait les effets de ce spectacle aussi fugitif que magnifique. Elle représentait ses deux jeunes enfans se jouant au milieu des fleurs , et Théodore souriant avec la supériorité que lui donnait son âge , à leurs aimables

amusemens. Ces charmantes esquisses, dont le sentiment qui les avait
inspirées accroissait le prix , étaient
soigneusement recueillies par madame de Forlise. Nous regaguions
la maison qu'il fallait bien se garder
d'appeler un château ; et quand nous
traversions une partie du bourg, si
quelques paysans passaient avec orgueil près de nous, tout fiers de ne
plus ôter leur chapeau à celle qui
avait été leur dame ; quelquefois une
bonne vieille , secourue en secret
par Elisabeth, et tenant d'elle la subsistance d'une famille nombreuse,
lui faisait, à la dérobée, une courte
révérence.

Une fois bien établis , nous arrêtâmes dans notre sagesse que j'irais
saluer mon tuteur , et l'inviter à dîner
de la part de madame de Forlise : car
il était déjà membre du comité de

surveillance, et l'un des aspirans à la place de maire.

J'avais dû faire humblement à Elisabeth et à son amie ma confession entière au sujet d'Adèle. J'y avais même mis assez de sincérité pour rapporter jusqu'au soufflet, par lequel elle avait jugé à propos de brusquer le dénouement de notre intrigue.

Madame Lormeuil était curieuse de la voir : Vous avez un trop bon goût, me disait-elle, pour qu'elle ne soit pas jolie. Dites-lui que je sollicite la préférence pour la peindre quand elle voudra être représentée en Madeleine pénitente ; pourvu toutefois qu'elle n'attende pas trop long-temps : dans un pareil tableau, les formes de la jeunesse sont de rigueur.

Elisabeth ne témoignait pas un

aussi grand désir de connaître Adèle ;
mais elle en était encore plus impatiente. Soit par modestie outrée, soit
en réfléchissant sur le caractère des
hommes, elle lui faisait quelquefois
l'honneur insigne de la redouter ;
malgré les observations que je pouvais lui adresser. Elle aimait ; elle
n'était pas tranquille.

Mon tuteur me reçut avec toute
la dignité qui convenait à ses impor-
tantes fonctions et à ses vastes espérances. Il eut cependant un peu
moins de morgue quand il sut que
nous étions tous dans son voisinage,
et daigna consentir à venir dîner
chez nous..., chez madame de Forlise, veux je dire. En me rappelant
cet homme, il me semble que j'allais
prendre une dose de son imper-
tinence.

Il se rappela, comme on n'en peut

douter, ses remarques au sujet de Théodore ; et joignant à cette idée toutes celles qui me concernaient, il me dit avec sa suffisance habituelle :

« Eh bien ? »

A cette interrogation expressive, je répondis d'un ton simple, mais en levant un peu la tête, et avec un léger mouvement d'épaule :

« Eh bien ! »

Je ne sais si les Lacédémoniens ont été plus souvent avares de paroles dans leurs colloques ; mais j'ai la certitude que nous nous entendîmes parfaitement. Pour ma part, j'aurais mérité de la main d'Elisabeth la récompense la mieux appliquée si, présente à l'entretien, elle eût été aussi vive qu'Adèle à punir les impertinens.

La vérité pure est que je mourais

d'envie de rendre mon tuteur et sa femme témoins de mon influence dans la maison et sur le cœur de madame de Forlise. Je conviens qu'aujourd'hui les jeunes gens sont bien moins répréhensibles ; mais il est reconnu qu'ils valent beaucoup mieux qu'on ne valait de mon temps.

Adèle n'était point avec son mari : M. Desbois m'assura qu'elle paraissait à peine dans leur maison, mais qu'elle ne manquerait pas de l'accompagner le surlendemain chez la citoyenne Forlise.

Ce fut une véritable bonne fortune : au lieu de deux convives que nous demandions, nous en eûmes quatre. Avec les époux vinrent deux hommes que mon tuteur nous présenta comme ses collègues au comité.

L'un s'appelait le citoyen Jumar,

curé constitutionnel, ayant prêté tous
les sermens jusqu'alors exigés , et
prêt à jurer encore jusqu'à la consommation des siècles ce que l'on
voudrait ; car il nous déclara bientôt
qu'il avait pour principe que toute
puissance vient du ciel.

« Voici, dit en remuant la tête M.
Lormeuil, une petite assertion qui
menerait loin, si... »

Madame de Forlise rompit la conversation, et l'on se mit à table.

Je n'ai point encore parlé du qua-
trième personnage que le bonheur
du temps nous forçait presque de
recevoir. J'étais sûr de l'avoir déjà
vu , je me demandais qui il pouvait
être ? Quand je l'eus reconnu , je
frissonnai de le voir assis à la table
d'Elisabeth et de son amie.

C'était ce Vipérin dont on peut se
rappeler que le bon M. Harmand

m'avait fait un portrait si peu agréable, lors de mon voyage à Paris.

Si je l'avais connu, j'aurais été encore plus alarmé. Le moment était
arrivé pour Vipérin de devenir quelque chose. Il épiait les événemens
publics, comme les oiseaux de proie
épient la marche de deux armées
près de livrer bataille. Offusqué à
Paris, et dans la grande ville qu'il
avait d'abord habitée par des pré-
tendans plus assurés que lui de
la faveur populaire, il était venu
faire dans notre petite commune
l'expérience de son système et de
ses talens. Jusqu'alors tout lui avait
réussi.

J'ai toujours fait ce qui dépendait
de moi pour m'arrêter de préférence
à ce que les extravagances qui ont
souillé la révolution avaient de ridicule, et quand je ne me suis pas

contenté d'en hausser les épaules,
ce n'a pas été ma faute; mais jamais
je n'ai pu les entendre préconiser
par une jolie femme, sans un sentiment de dégoût et de chagrin très-
prononcé !

Adèle me causa cette peine pendant tout le temps de la visite. Bon
Dieu ! qu'elle était devenue forte sur
les droits et les devoirs de l'homme
en société, ainsi que sur mille autres
sujets semblables ! .

M. Lormeuil, plus sage que moi,
prit plaisir à la faire jaser ; et nous
eûmes tous sujet de remarquer le
rapport intime de ses idées avec
celles de Vipérin et de Jumar. Quoique madame de Forlise et son amie
ne prissent le plus souvent à une
telle conversation que la part la plus
indirecte, quelquefois elles et moi,
nous étions obligés de sourire malgré

nous de l'harmonie qui régnait entre les deux maîtres et l'écolière. Ces messieurs semblaient réellement avoir fait un pacte pour lui communiquer leurs hautes pensées, à frais communs d'esprit, pour ainsi dire, et avec la plus touchante fraternité. Adèle en présence d'une société qui l'observait, près de ces deux hommes, de son mari, et de moi enfin qu'elle devait bien aussi compter pour quelque chose, brava toutes mes conjectures, et ne cessa de déraisonner avec une aisance remarquable : elle atteignit le sublime de l'effronterie.

Et quel rôle jouait mon tuteur? Il applaudissait aux impertinences de sa femme ; il riait, l'imbécille !

Nous avions tout sujet de craindre d'être tourmentés ; et les événemens prouvèrent que notre politique, dans

II.   1*

l'accueil que nous avions fait à madame Desbois, ainsi qu'à ses amis,
n'était pas inutile.

Deux mois après leur première
visite, et lorsqu'ils étaient venus
sept ou huit fois chez nous, je fus
surpris de m'entendre dire, à sept
heures du matin, que l'on me de-
mandait dans le salon. Je le fus
encore plus d'y trouver Adèle, arrivée seule dans un des cabriolets
sur lesquels on avait déjà fait main-
basse tout à l'entour de nous, et
chez nous-mêmes, avec le mot ma-
gique de *réquisition.*

Elle était très-animée. « Passons
dans le berceau voisin, me dit-elle,
il faut que nous soyions seuls. »

De plus en plus inquiet, je me
hâtai de l'y conduire.

« Saint - Félix , ajouta madame
Desbois avec volubilité, vous savez

dans quelles circonstances nous sommes. Je viens vous avertir qu'à l'ex-
ception de vous qui êtes jeune, et
pouvez devenir utile, sous quelque
temps, toutes les personnes d'ici
courent le risque d'être arrêtées.
Votre amante, cette madame de
Forlise... »

« Que dites-vous ? interrompis-je. »

« Eh ! oui, votre amante ! A qui
pensez-vous en imposer ? mais revenons. Vous savez que ses biens, son
rang suffiraient pour la rendre sus-
pecte. Quant à votre Lormeuil, qui
n'étant pas noble, ne fait rien, et
vient on ne sait d'où, on le soup-
çonne fort, ainsi que sa femme,
cette artiste prétendue, d'entretenir
des intelligences criminelles... Al-
lez-vous nier le fait ? c'est bien de
cela qu'il s'agit ! Que la chose soit
ou non, il suffit qu'on la croie véri-

table. Il faut donc s'opposer au mal que l'on veut vous faire, avant qu'il soit trop tard. Voyons: Desbois n'est pas mal disposé pour vos amis; moi, quoique je trouve vos dames un peu fières, je peux vous répondre de Jumar et de Vipérin; mais ils ne sont pas seuls, et d'ailleurs.... Au fait, voulez-vous sacrifier cinq ou six mille francs pour préserver vos amis de la prison, de la confiscation de leurs biens, que sais-je moi?... Décidez-vous promptement. Je suis venue en secret: il faut que je m'en retourne de même... Ingrat Saint-Félix! cet argent, si je pouvais le fournir, je ne vous le demanderais pas. »

Je ne peux exprimer combien de réfléxions m'inspira cette action vraiment généreuse dans une femme, sous d'autres rapports si dégradée. Mais ce n'était pas le moment de

méditer : il fallait agir. Je remerciai
Adèle, en peu de mots, et la priai
de m'attendre. Je courus à mon se-
crétaire, et revins avec dix mille
francs. « Tenez, lui dis-je, je reçois
les revenus de madame de Forlise,
et je saisirai un moment favorable
pour lui indiquer l'emploi de cette
somme. Distribuez-la, d'après vos
bonnes intentions, et promettez-moi
le secret....

» Eh ! n'ai-je pas intérêt de vous
le garder, reprit-elle : au reste, ajouta-t-elle aussi-tôt, en s'arrêtant, ce
que je fais-là est peut-être mal, car
enfin....

— « Non, non, Madame, non;
vous protégez l'innocence, voilà tout.»

— « Et puis, vous pouvez soupçonner ?... »

— « Quoi donc ? Grand Dieu ! vous
vous montrez bonne, bienfaisante;

vous êtes une incomparable amie.
Mais partez, de grâce, afin que vos
excellentes intentions ne soient pas
vaines. »

« C'est juste, » dit-elle. Je la re-
conduisis à sa voiture, et elle partit
comme un trait.

Elisabeth l'avait aperçue de sa
fenêtre. Je me vis obligé d'entrer
dans des explications que j'adoucis
le plus qu'il me fut possible; mais
les alarmes des deux amies et de M.
Lormeuil furent si vives, que je dus
dire toute la vérité, et même, pour
les mieux rassurer, parler de l'argent que j'avais remis à madame
Desbois.

Nous formâmes mille projets, et
nous finîmes comme tous ceux qui
se trouvaient alors dans la même
situation, par attendre en silence ce
que l'on résoudrait de nous.

Vers deux heures après midi, Adèle revint, et sans aucun préliminaire : « On va, dit-elle , faire chez vous une visite pour la forme ; mais ne craignez rien, tout est arrangé. »

Ces dames, humiliées de prendre envers elle un langage suppliant, lui adressaient cependant quelques mots de reconnaissance, quand Desbois et ses collègues arrivèrent, accompagnés de quatre autres personnages de la même espèce.

Tout se fit avec un certain ordre. Nous prouvâmes que nous n'avions pas d'armes , que nous étions munis de papiers en règle , etc. , ect. Madame de Forlise s'obligea d'acquitter diverses contributions , que l'on nomma, selon l'usage , dons volontaires ; et enfin nous fûmes délivrés de la fâcheuse visite.

Mais ne pouvait-elle pas se renouveler à tout instant? Cette idée était pénible ; et je vis madame de Forlise plus affectée qu'elle ne l'avait encore été.

Une autre inquiétude la tourmentait. On ne parlait que de levées d'hommes, et les jeunes gens étaient désignés pour partir les premiers. J'essayai de la rassurer ; mais que peuvent sur les esprits éclairés des consolations auxquelles ceux qui les donnent n'ajoutent eux-mêmes aucune croyance !

CHAPITRE XIV.

Le plus grand malheur de ma vie.

—

ÉLISABETH, s'exagérant la différence de nos âges, et voulant bien
donner un ami, mais non un beau-
père à son cher Théodore, ne m'a-
vait jamais parlé de contracter avec
moi une union légale. Je crus m'a-
percevoir qu'elle s'en repentait
alors ; mais l'extrême inégalité de
nos fortunes aurait suffi pour que
j'eusse rejetté cette pensée. De plus,
malgré le progrès des idées nouvelles, je ne voulais pas que sa famille, ses connaissances, et surtout

II.   2

son beau - frère , la dépeignissent comme une riche veuve, qui , folle d'amour , avait épousé le précepteur de son neveu.

Un sujet de terreur plus vif que tous les autres , acheva de porter la désolation parmi nous. Dans les grandes chaleurs de l'été , Théodore , après un exercice un peu violent , tomba tout-à-coup malade.

C'en était trop pour le cœur de sa mère, déjà en proie à mille tourmens secrets. Son ami, M. Lormeuil, et moi, nous partageâmes nos soins entre Elisabeth et Théodore ; car elle ne tarda pas à être aussi obligée de garder la chambre.

La douceur, la résignation du pauvre enfant nous arrachaient à tous des larmes. Le deux lits de douleur étaient dressés dans l'appartement d'Elisabeth. Un soir que devant ma-

dame Lormeuil et moi, elle lui pro-
diguait des soins, pendant le peu de
temps où elle s'était levée, il la remercia du ton le plus touchant des
bontés qu'elle lui témoignait.

« Ah! ce que je fais pour toi ne
t'est que trop dû, mon cher... Théodore, répondit-elle avec vivacité. »

Je regardai madame Lormeuil;
et elle me dit tout bas : « Elle meurt
d'envie de lui révéler son secret. »

J'avais eu avec un médecin, mandé
de Paris exprès, et arrivé le matin,
une conversation très-importante.
Après les lieux communs d'usage sur
les ressources qu'offrait la jeunesse
du malade, il fut obligé de m'avouer
que la guérison était fort douteuse.
« Il aura la nuit prochaine une crise,
ajouta-t-il, s'il y échappe... »

Il s'arrêta; et je conclus qu'il ne
croyait pas à la possibilité de son

rétablissement. Je songeai avec horreur à la comparaison de l'Hama-
dryade et du jeune arbrisseau, qu'Elisabeth avait autrefois faite devant
moi. « Vous venez , dis-je , de prononcer l'arrêt de mort de l'enfant ,
et celui de madame de Forlise. »

« L'aime-t-elle à ce point? » reprit
le docteur ; et il haussa les épaules
de compassion.

C'était dans une telle circonstance
que je la voyais affligée de ne lui
avoir pas encore appris à quel titre
il lui était si cher ! Je m'approchai
d'elle : « Pourquoi, lui dis-je avec douceur, ne lui annoncerais-tu pas qu'il
est ton fils? Théodore est digne de
connaître un tel secret, et il ne t'en
aimerait que mieux. »

Elle interrogea les regards de son
amie, y lut qu'elle pensait comme
moi, et s'écria : « Quel bien vous me

faites tous deux !» Puis, s'approchant
de l'enfant : « Théodore , lui dit-elle,
tu te souviens de m'avoir quelquefois
demandé qui était ta mère ? »

« Oh ! je ne vous en parle plus ,
répondit-il , vous paraissiez éprouver
trop de peine à cette question.»

« C'est qu'un secret était attaché
à ta naissance. Serais-tu bien aise de
la voir , ta mère? »

Il la regarda fixement, et dit aussitôt : « Oui, si elle vous ressemble , et
si vous continuez toujours de l'être
aussi. »

« Ah ! je l'ai toujours été ; c'est
moi-même.

Ils se jetèrent dans les bras l'un
de l'autre , et pleurèrent d'attendris-
sement. Théodore , remarquant un
ruban bleu qui nouait les cheveux
d'Elisabeth le lui demanda , et le
reçut d'elle au même instant. « Ce

sera un souvenir, dit-il ; je le gar-
derait toute ma vie. »

Elle nous remercia encore de l'a-
voir encouragée à découvrir son intéressant secret ; mais cette nouvelle
ne pouvait détruire le germe de mort
qui déjà fermentait dans le sein de
Théodore. Il languit deux jours de
plus : enfin, il expira dans les bras
d'Elisabeth, qui s'évanouit, et tomba
sur son corps.

Quand nous voulûmes la transporter à son lit, nous nous aper-
çûmes que, près de rendre le dernier
soupir, il avait noué un des bras de
sa mère à un des siens avec le ruban,
afin qu'elle ne s'éloignât pas de lui.

Le moment où Elisabeth repren-
drait connaissance nous parut autant
à craindre qu'à désirer. Elle revint
enfin à elle, et, s'apercevant de la
ligature, tourna ses yeux vers nous.

Son silence éloquent nous disait mieux que des paroles : « Voyez comme il m'aimait. » Nous ne lui répondîmes que par nos larmes.

Loin de moi la pensée d'essayer de peindre la douleur d'une telle mère ! Sans la considération du désespoir de son amie et du mien, je suis persuadé qu'elle n'aurait pas survécu de quelques heures à son fils.

Nous l'accompagnâmes à la dernière demeure que, si jeune encore, il allait habiter pour toujours. Quand nous revînmes près d'Elisabeth, elle tenait un journal qu'elle avait chargé en secret une de ses femmes de lui apporter dès qu'il arriverait. Elle me le remit, en disant : « Voici le dernier coup. »

J'y lus sans surprise le décret qui appelait aux armées tous les jeunes gens de dix-huit à vingt-cinq ans.

Madame Lormeuil, toujours si calme, prit en ce moment un caractère qui m'étonna. « L'exécution du décret, dit-elle, demandera quelques semaines. Profitez-en pour vous guérir, ma chère Elisabeth ; réalisez vos biens, et quittons tous la France. »

« Y laisserai-je moins la moitié de mon être ! » répondit Elisabeth d'une voix faible.

Je fis tout pour la consoler ; et quoique la proposition de son amie présentât de grandes difficultés, je m'y attachai, afin de lui offrir du moins l'espérance dans une vague perspective. Elle parut applaudir à nos idées; et je suis certain que ce fut par les mêmes motifs. M. Lormeuil se chargea de prendre, dès ce jour, tous les renseignemens nécessaires.

Plus d'un mois s'écoula sans que

je prononçasse à Elisabeth un seul mot relatif à notre amour. Enfin, la certitude que j'allais être bientôt séparé d'elle, lors même que nos plans aventureux réussiraient par la suite, me força de rompre le silence. J'osai, d'une voix timide, mais la passion peinte dans mes regards, lui rappeler les droits qu'elle m'avait donnés à sa tendresse. Malheureux! je ne fis qu'acquérir la certitude que bientôt je la perdrais pour toujours. Sa conduite fut bien digne d'être admirée. Elle ne rejeta point ma prière : elle parut même sensible à mon amour ; mais, grand Dieu ! l'idée de sa fin prochaine occupait déjà son ame ; et je possédai une amante qui ne pouvait plus partager mes transports. Quelques jours s'é-coulèrent ainsi ; et elle finit par m'a-vouer que ses malheurs étaient trop grands, trop subits pour qu'elle pût les supporter. Avec un courage qu'elle conserva jusqu'au dernier moment, elle exigea que je triomphasse de mon désespoir, et que je la regardasse comme déjà perdue pour moi. « Je t'ai dû, me disait elle, des momens de bonheur dont je ne me croyais plus susceptible ; honore ma mémoire, en ne me remplaçant que par une femme digne de toi. Adieu, adieu ! cher Saint Félix... Mon Eléonore, ne pleurez pas ; nous nous retrouverons un jour. »

Elle approcha nos mains de son cœur ; et mourut en prononçant faiblement nos noms unis à ceux de son premier époux et de Théodore.

M. Lormeuil veilla sur moi pendant les cinq ou six premières heures, et me préserva de mon désespoir. Le lendemain, je fus averti que le bataillon dauslequel j'étais incorporé, partirait sou s trois jours.

Par un testament longuement motivé , madame de Forlise me léguait cinquante mille francs et autant à madame Lormeuil. Tous ceux qui lui avaient été affectionnés eurent aussi part à ses largesses ; elle crut même devoir un souvenir de reconnaissance à Adéle.

Je restai étranger à tous ces détails. M. Lormeuil exigea de moi ma procuration, et se chargea de veiller à mes intérêts. Sa femme et lui, voyant combien le temps était précieux , me recommandèrent une énergie égale à la situation critique où j'étais. Ils me communiquèrent une force d'ame dont je ne me serais pas cru capable; et je partis. J'avais pris avec eux des arrangemens, même en supposant qu'ils quittassent la France;

car madame Lormeuil éprouvait une
sorte d'aversion pour ce pays , où
son amie n'était plus , et où de long-
temps , il devenait évident que le
calme , si nécessaire à la culture des
arts, ne pouvait renaître.

~~~~~~

CHAPITRE VX.

La première réquisition. — Je quitte l'armée, et suis arrêté.

—

J'AI mille fois pensé que la vie des simples particuliers offre des vicissitudes aussi grandes, des contrastes aussi prononcés que celle des personnages d'un haut rang, dont l'histoire éternise les malheurs. J'en offris alors un exemple frappant. Je ne pouvais quelquefois me persuader que ma destinée, depuis peu de semaines, ne fût pas mêlée de prestiges. N'aguère, je vivais au sein de l'opulence et de l'amitié. Outre l'affection de nos deux excellens

amis, je trouvais dans la reconnaissance du jeune Théodore un trésor
de sensations délicieuses. Enfin, Elisabeth la partageait avec transport,
cette reconnaissance si vive, et je
possédais toute sa tendresse. Maintenant, voué à un état qui n'était pas
de mon choix, forcé d'embrasser un
genre de vie où tout était nouveau
pour moi, je m'acheminais vers les
champs du carnage avec douze cents
compagnons d'infortune qui tous de-
vaient aussi éprouver plus ou moins
des regrets douloureux, quoiqu'il
n'y eût pas à croire qu'ils fussent
aussi complétement malheureux que
moi. Dés le lendemain du départ,
ce changement absolu dans ma destinée se fit sentir avec la plus grande
force. Je m'éveillai au retour de
l'aurore, et au bruit monotone du
tambour.

J'étais dans une grange ouverte à tous les vents, et à demi-enséveli dans de la paille, ainsi que mes compagnons. Tandis qu'ils se disposaient aussi à reprendre leur route, je me disais : « En ce moment, je contemplais Elizabeth endormie à côté de moi; ou bien c'était sa voix qui m'éveillait, en me donnant les noms les plus tendres. Nous nous étions livrés au sommeil, après de doux hommages à l'amour heureux; l'amour heureux nous attendait encore à notre réveil. J'allais ensuite regagner mon lit solitaire; et, quelque temps après, j'étais réuni à d'excellens amis.

» Je trouvais dans le salon où nous nous rassemblions cet aimable Théodore qui paraissait devoir fournir une carrière si longue et si fortunée; M. Lormeuil, ami sûr et d'une so-

ciété si intéressante, sa femme, douée
de tant de grâces et de talens : enfin
la porte s'ouvrait, et je voyais paraître
dans un négligé charmant mon Elisabeth, belle de son amour et de son
bonheur. Nos regards se disaient que
nous nous devions l'un à l'autre ce
bonheur sans bornes : ils nous le pro-
mettaient encore ; et la sécurité y
ajoutait un nouveau charme.

Et tant de félicité avaient disparu
comme une ombre fantastisque ! Je
ne devais peut-être plus revoir deux
amis bien chers ; la tombe engloutis-
sait toutes les espérances du jeune
Théodore ; la tombe, ô ciel ! dévo-
rait les charmes que j'avais idolâ-
trés !... Je marchais, courbé sous
une armé meurtrière ; et j'allais af-
fronter la mort, pour que mon pays
fût plus long-temps déchiré par dès
dissentions funestes ! »

Telles furent pendant la marche mes idées habituelles. Trop heureux quand, à force de me rappeler les scènes de paix et d'amour dont le souvenir était gravé dans mon cœur en traits ineffaçables, je pouvais répandre à la dérobée quelques pleurs.

Le premier événement qui commença pour moi la vie active de soldat fut affreux. Il renouvella d'autres chagrins qui souvent s'étaient mêlés au souvenir de mon Elisabeth, à jamais perdue. Arrivé, après une marche fatigante, à Maubeuge, qui venait d'être débloqué, je reçois l'ordre de marcher avec mon fusil, lorsque, étendu dans le coin d'une église changée en caserne, je me préparais à m'arracher au sentiment du mal actuel et à revivre dans mes souvenirs, quelque pénibles qu'ils

II.   2*

fûssent. Où m'ordonnait-on d'aller ?
On voulait que, près des remparts,
je concourusse à frapper de mort un
malheureux Français, pris lors d'une
sortie. Je déclare hautement que l'on
peut me punir comme on le voudra,
mais que je ne commencerai point
de la sorte ma nouvelle carrière. En
parlant ainsi, je m'approche d'un
jeune homme qui, calme et n'ayant
pas voulu qu'on lui bandât les yeux,
attendait le signal de sa mort. C'é-
tait le chevalier d'Armeville, cet
amant heureux de la jeune épouse
de M. de Pyrmont. Il me reconnut,
et presque en souriant, il me dit :
« Voici notre affaire terminée ; car
il n'est guère probable que je re-
vienne d'où l'on va m'envoyer, pour
vous demander raison. » Le silence
lui est ordonné : je m'éloigne à grands
pas ; et bientôt la détonation d'une

demie-douzaine d'armes à feu m'apprend qu'un être intéressant, tout-à-l'heure encore plein de vie et de santé, a cessé d'exister.

Le soir, il me fallut entendre de longs colloques sur la victime, sur son âge, sur le lieu ou elle avait été prise. Le refrein de ces discours était toujours ces mots : « Il est bien mort. » Il semblait que cet éloge laconique dût suffire à sa mémoire. Que dis-je ! ô inconcevable profondeur des pensées et des sentimens des hommes ! Ceux qui le lui donnaient paraissaient fiers qu'il l'eût mérité.

Combien alors j'eus sujet de réfléchir sur la force du mot *Honneur*, et sur son influence miraculeuse, quand on le prononce à des Français ! Il est très-vrai que plusieurs d'entre nous aimaient la révolution, mais il l'est aussi que pour le plus grand nombre, nous regrettions nos foyers, et qu'en nous appelant *Volontaires*, on dirigeait contre la plupart une cruelle ironie. Cependant nous nous battîmes tous ; nous nous battîmes avec le courage le plus héroïque.

Diverses escarmouches et des affaires un peu plus sérieuses me donnèrent des spectacles tristes, mais singuliers. J'eus occasion d'observer le contraste de la valeur brillante, de l'impétuosité, de la *Furie française*, comme disent les Italiens, (*) avec le flegme et la fermeté Germaniques.

(*) La *Furia francése* est devenue une expression proverbiale au-delà des Alpes, depuis plusieurs siècles, et l'on sait que les anciens Romains faisaient, lors de leurs guerres contre les Gaulois, des préparatifs beaucoup plus considérables que quand ils avaient d'autres peuples à combattre.

Veut-on avoir sous les yeux la
réunion de tout ce qui est grand et
vil, sublime et atroce ; que l'on considère, s'il se peut, de sang froid,
un champ de bataille après une action. Ici, des misérables achèvent de
donner la mort à de pauvres blessés,
pour leur ravir quelques lambeaux
ensanglantés ; là, de bons camarades,
à la prière de leurs amis souffrans,
se hâtent, en détournant la tête, de
leur porter le coup mortel ; un peu
plus loin, des hommes de pays différens, et qui viennent de se combattre avec un incroyable acharne-
ment, se traînent les uns près des
autres, se secourent, et pansent mu-
tuellement leurs plaies. Celui-ci
meurt en blasphémant ; cet autre se
recommande au Ciel, et bénit le dieu
qui a mis un terme à son existence.
Vols infâmes, incendies, pillages,

actes de dévouement et de générosité ; tout est là : tout a lieu en même temps, et dans un espace de terrein très-circonscrit.

La mort de ma chère Elisabeth m'avait donné la disposition d'esprit la plus nécessaire à mon nouvel état. J'éprouvai d'abord une sorte de joie féroce à la vue des misères de l'humanité. La vie n'avait plus aucun prix pour moi, et il m'était en quelque sorte indifférent de porter ou de recevoir un coup mortel. Cependant, ma situation me devint bientôt odieuse. Quoiqu'on nous dérobât une partie des horreurs qui se commettaient dans l'intérieur de la France, il était impossible que nous ne fussions pas informés d'un grand nombre de faits atroces. Alors, je me disais avec amertume : « C'est donc pour assurer l'impunité à de tels monstres, que je suis forcé d'exposer mes jours ! » La vie militaire ne tarda pas à me devenir insupportable ; et j'allais déserter, lorsqu'une blessure à la main gauche me fit obtenir mon congé absolu.

Toute ma compagnie ayant été, pour ainsi dire, témoin de cet accident, que je devais appeler un malheur très-favorable, je n'éprouvai pas de grandes difficultés pour être licentié. Je partis donc : mais, prenant congé de mes camarades, je ne pus m'empêcher de songer avec douleur que, pour la plupart, ils ne reverraient pas leurs foyers. On sait trop combien cette conjecture était fondée.

Ma marche rétrograde m'offrit plusieurs fois des spectacles pénibles. C'était le temps de la grande terreur. Roberspierre n'ayant pas encore daigné accorder un brevet d'exis-

tence à l'Etre-Suprême , d'absurdes
scélérats avaient formé le dessein de
proclamer l'Athéïsme dans toute la
France. Ils prétendaient ne reconnaître que *la Raison* , n'adorer qu'elle ;
et jamais on n'avait commis tant
d'extravagances. Au reste , tout sui-
vait une marche uniforme. L'accep-
tion des mots était complétement
changée. On emprisonnait, on versait
le sang au nom de la liberté , et depuis que l'égalité était si fastueuse-
ment proclamée , des brigands exer-
çaient une autorité illimitée sur les
biens et même sur les personnes des
gens honnêtes , mais timides.

Ecartons ces pénibles souvenirs :
si je me livrais à mon indignation ,
je pourrais écrire un volume sur cette
matière sans l'épuiser : j'aime mieux
rapporter quelques-unes des particularités de mon voyage.

J'entrai un jour dans une mauvaise auberge, isolée sur la route, et
j'y demandai quelque nourriture. La
vieille femme à laquelle je m'étais
adressé me considéra, et se mit à
pleurer. Je la pressai de me faire
connaître en quoi, très-involontai-
rement sans nul doute, je pouvais
lui causer de la douleur. — « Ah! citoyen, me dit-elle, vous revenez de
l'armée? — Oui. — Vous avez votre
congé? — Le voici en forme bien
légale. — Que votre mère est heureuse! — Hélas! je ne l'ai plus.
— Vos amis, du moins, vont vous
revoir avec plaisir. Moi, j'avais un
fils; il est parti comme vous, et il y
a trois jours que j'ai reçu la nouvelle
de sa mort. »

Je savais trop que les douleurs
maternelles n'admettent aucune consolation. Nous pleurâmes ensemble:

le souvenir d'Elisabeth me frappa
de nouveau, et ce moment fut un
des plus cruels, depuis celui où je
l'avais perdue. Bientôt le sentiment
de l'indignation que fait naître la
perversité humaine, donna un autre
cours à mes idées. Deux gendarmes entrèrent; ils demandèrent du
vin qui ne leur était pas fort nécessaire dans l'état où ils se trouvaient : ensuite ils voulurent examiner mon congé : ils en avaient le
droit; mais l'un d'eux le déchira, en
riant de l'embarras où il venait de
me placer. Je ne crois pas, dans
toute ma vie, avoir éprouvé avec
plus de force le désir de la vengeance; mais seul et blessé, que pou-
vais-je contre deux hommes, plus
vigoureux que moi, et armés de toutes pièces ! Je fus réduit à leur décla-
rer que je ferais connaître une action

si odieuse ; mais je ne voulais pas m'adresser à la Convention: je me contentai d'écrire à plusieurs journalistes. Quelque affreuse que fût cette époque sous tant de rapports, je dois à la vérité de dire qu'alors de telles réclamations n'étaient point dédaignées: ma lettre fut rendue publique; et comme je n'avais pas été seul exposé à cette noirceur, il en résulta que l'on prit des mesures pour qu'elle ne se renouvellât plus.

« C'est bien mal, ce que vous faites-là, citoyen gendarme », dit la femme, tandis que son mari se contentait de hausser les épaules. Ce ne fut pas la millième fois, dans ces temps désastreux, que les femmes se montrèrent plus courageuses que les hommes; et, j'en suis certain, aucun lecteur ne contredira cette assertion.

L'hôtesse ajouta que tous les paysans recevaient une récompense de cinq francs, lorsqu'ils reconnaissaient des déserteurs, et que je ne ferais peut-être point deux cents pas sans être arrêté. J'adressai de nouveaux reproches aux gendarmes, mais ils montèrent à cheval, continuant toujours de rire ; et allèrent vers le bourg voisin où se trouvait un dépôt de *Volontaires*, qu'ils étaient chargés de conduire à l'armée, liés avec des cordes et tenus en laisse comme une meute.

La prédiction de la bonne femme ne tarda pas à se vérifier. J'entrais dans le village de Bresle, peu éloigné de Beauvais, lorsque je vis accourir au grand galop un autre gendarme. Mon entrée dans cette longue commune aurait été considérée par un ancien Romain comme de très-mauvais augure. Une douzaine de petits polissons, couverts pour la plupart du fameux bonnet des galé-riens, étaient venus au-devant de moi, et m'avaient étourdi par les cris de *vive la République!* Je me dé-tournai un peu du chemin, et le ca-valier me dépassa d'une vingtaine de pas.

Je me croyais quitte ; mais je n'a-vais pas aperçu un *honnête parti-culier*, empressé de gagner son assi-gnat de cent sols. Il était Agent na-tional du lieu , et, comme on va le voir, dénonciateur selon l'occasion. Il courut après le gendarme, le fit revenir sur ses pas, et je fus obligé de les accompagner au comité de surveillance.

Sur la route , ils requirent , au nom de la loi, cinq ou six habitans qu'ils rencontrèrent , de leur prêter main-forte. Il me sembla , et j'en fis l'observation, que c'était me traiter avec un peu trop de cérémonie, puisque je ne songeais nullement à m'enfuir. Ma remarque fut très-mal reçue de l'Agent : il me dit que je lui manquais de respect ; et il le croyait en effet aussi naïvement que si la chose eût été possible.

CHAPITRE XVI.

Le Comité révolutionnaire et la Prison.

—

Respectable Agent national de Bresle, en l'an de grâce 1793, que n'ai-je retenu votre nom! Je le consignerais en toutes lettres dans ces pages véridiques, et je vous enverrais un exemplaire de mon livre, pour vous prouver, si votre pays a encore le bonheur de vous posséder, que le temps n'a pu effacer en moi le souvenir de vos bons procedés! Je me bornerai, puisqu'il le faut, à retracer la scène tragicomique, où vous et moi nous jouâmes les deux principaux rôles.

A droite de la rue principale

était un édifice assez vaste. Quand il portait le nom de chapelle, les habitans des deux sexes y venaient implorer le secours du Ciel. Il était alors devenu tout à-la-fois le lieu où le comité tenait ses séances, et la prison des suspects : car il était impossible que, sous ce dernier rapport, le bourg comme tous les autres lieux habités de France, n'eût pas fourni son contingent.

Sûr que j'en serais quitte pour une détention de quelques jours, jusqu'à ce que je pusse me faire envoyer de mon bataillon le certificat de mon innocence, je me trouvais dans une situation plus heureuse que la plupart de ceux qui avaient alors la même épreuve à subir. Je m'attachai donc à saisir le côté ridicule des faits; pensant que ce serait prendre le meilleur parti.

Nous traversâmes un petit cime-
tière où l'on avait écrit en caractères
énormes : *La mort est un sommeil
éternel*, paroles sans doute fort
consolantes pour les ames tendres
qui avaient quelques pertes dou-
loureuses à déplorer. « Non, me
dis-je, cette assertion n'est pas, ne
peut pas être prouvée. Grâce au
Ciel, il ne me sera jamais démontré
que ma chère Elisabeth est devenue à jamais une poussière insensible. » Cette idée m'attendrit, et
comme il y a toujours un peu de
superstition dans l'amour malheureux, lorsque j'entrai dans l'édifice,
un léger souffle de vent qui se fit
sentir sur mon visage, me sembla
presque un doux souvenir, une ca-
resse de l'ombre de mon amante.

Une idée plus pénible m'assaillit
quand je remarquai les dégats faits
dans la chapelle.

Dans le fond de l'édifice, èt au-
dessous des bustes de Marat et du
premier Brutus, ce modèle des
bons pères, une table remplaçait
l'autel. Là, trois membres du comité, à demi-ivres siégeaient et
allaient prononcer sur mon sort.
L'Agent prit la parole, et se vanta de
m'avoir fait arrêter. J'eus mon tour,
et j'expliquai comment je me trouvais sans papiers. Les effets que produisit mon discours furent de deux
espèces très-distinctes : les hono-
rables membres parurent assez fâ-
chés, ainsi que l'Agent, de ce qu'il
faudrait finir par me rendre la liberté ; tandis que, parmi les curieux
groupés autour de nous, plusieurs
femmes, dont quelques-unes étaient
jolies, me témoignèrent assez hautement de l'intérêt.

On arrêta que je serais transféré
le lendemain à Beauvais ; et la

table même où avait été écrit mon
jugement (avec quelques fautes
d'orthographe, comme de raison),
me servit de lit cette nuit-là. Le
gendarme qui devait me conduire
le lendemain, reçut de moi quelques assignats, et me fit la promesse
de ne pas m'attacher. Au moment du départ, il ne se souvint
plus de sa parole d'honneur. Je
sentis l'inutilité de lui adresser de
nouvelles observations ; mais il me
sembla qu'il aurait dû me rendre
mes assignats. Il ne partagea point
cette opinion, et nous nous mîmes
en route.

Arrivé dans la ville que le courage de Jeanne Hachette a illustrée,
je n'eus pas le plaisir d'observer
l'endroit des murailles où cette
héroïne combattit avec tant de résolution les ennemis de son pays ;

mais je fus dédommagé du chagrin
.de mon humiliante entrée , en trou-
vant dans la prison une excellente
société. Il en était alors à peu-près
de même dans toute la France; et,
sans les craintes trop fondées qui ne
pouvaient se séparer de la condition
des détenus, il est très-certain qu'il
eût mieux valu habiter alors les
maisons d'arrêt que les autres en-
droits des villes ou des campagnes.
Pourvu que l'on eût des assignats,
on était bien nourri; et je ne dois
pas oublier de dire qu'au premier
rang des consolations dont on aimait
à s'entourer, il fallait souvent compter l'amour.

On me rendra, j'espère, la justice de penser que je parle seulement ici en qualité de discret con-
fident de quelques intrigues. La
perte irréparable que j'avais faite

était trop récente pour que je songeasse à suivre l'exemple de la
plupart de mes compagnons de captivité.

Parmi les événemens qui eurent
lieu pendant mon séjour dans cette
prison, deux me frappèrent assez
pour que je croie devoir les indi-
quer. Ils sont du nombre de ceux
qui caractérisent une époque uni-
que jusqu'alors dans les annales des
nations, et dont on peut assurer
hautement que le retour est désormais impossible.

On introduisit, un soir, parmi
nous un prêtre assez âgé. Il nous
dit qu'on le menait à Paris, où sa
mort était assurée ; puis il ajouta :
« Voici mon nom, Messieurs, vous
le trouverez sous quelques jours
dans les journaux parmi ceux des
condamnés. Soyez certains que je

ne me démentirai pas un instant,
et que j'aurai ainsi mérité le bien-
veillant accueil que vous me faites.»
Il était impossible d'avoir un sang-
froid plus prononcé que celui de
cet infortuné ministre des autels. Il
nous rappelait la contenance iné-
branlable des premiers martyrs :
tout se passa comme il l'avait pré-
dit.

L'autre anecdote est déchirante.
Un médecin, célèbre dans la ville,
où pendant près de cinquante années il avait exercé sa science avec
autant d'humanité que de désin-
téressement, était sorti un jour
pour faire ses visites. Un de ses
amis d'enfance se présenta chez lui,
sans se faire connaître à la vieille
gouvernante du docteur. Il était
assis comme le proscrit Coriolan
chez le général des Volsques. Ce rap-

prochement s'offrait de lui-même, car cet homme était un émigré ramené près des foyers hopitaliers de son ancien ami par cet indomptable attachement au pays natal qui a déterminé tant de Français à risquer tout pour le satisfaire. Le médecin rentre une heure plus tard, et son premier cri est celui-ci : « Ah ! mon ami, vous nous perdez tous deux! » L'imprudent émigré tâche de le rassurer, et lui donne quelques excuses assez mauvaises; mais il n'a pas le temps de beaucoup parler. Il avait été reconnu, suivi : on entre, et on arrête les deux amis.

Quelques jours plus tard, l'émigré périt. Le médecin, dont l'innocence fut attestée, tant par celui qui avait causé son infortune que par sa gouvernante, devait être renvoyé absous, s'il eût régné alors quelque ombre de justice; mais on sait que le mot *juger* était devenu synonyme de *proscrire*. Il ne fut pas condamné à perdre la vie : par une sévérité sans doute plus grande, cet homme, presque septuagénaire, dut aller, pour le terme de vingt années, partager à Toulon le sort des assassins et des brigands. Son départ était alors très-prochain; on lui avait donné l'assurance qu'il ne serait pas mis à la chaîne, mais employé au service des hôpitaux. Il nous annonça cette nouvelle, en ajoutant : «Que m'importe cet adoucissement à mon sort; jamais je n'arriverai à Toulon.» Nous sûmes en effet bientôt que tombé malade à cinq lieues de Beauvais, il mourut presque subitement.

Outre la douleur que sa situation nous inspira, nous eûmes occasion de faire deux remarques de l'espéce la plus opposée. Dans une autre partie de la prison, se trouvaient des forçats couverts de crimes. On avait daigné ne pas nous donner leur société ; ce qui alors n'eut pas toujours lieu dans les cent mille bastilles qui couvraient le sol de la France *libre*; mais lors du départ, il fallut bien que l'infortuné se joignît à la troupe des condamnés. Ce fut pour eux le sujet d'une joie féroce ; ils l'appelèrent à haute voix dans la cour, et en se félicitant de ce que son sort ne serait pas différent du leur, de ce qu'il monterait aussi sur une des charettes ; en un mot, de ce que *l'égalité* la plus complète régnerait entr'eux et lui. Nous les entendions, nous voyions leurs odieuses physionomies exprimer l'ironie, la méchanceté, toutes les passions

II.   3*

viles, et en ce moment l'espèce humaine ne nous eût inspiré que le
dégoût et l'horreur, si nous n'eussions été témoins en même-temps
de l'acte de dévouement le plus touchant.

Le médecin, pâle et abattu, nous
adressa ses derniers adieux. Sa
bonne gouvernante n'avait point
passé un seul jour sans venir lui
donner ses soins. Il l'en remerciait
pour la vingtième fois, et la congé-
diait, en lui recommandant de la force
d'ame, lorsqu'elle nous surprit tous
en lui adressant ces paroles dont je
suis sûr d'avoir bien conservé le
sens :

« Mon cher maître, depuis qua-
rante années, je mange votre pain.
Croyez-vous donc que je pourrai
vous quitter! » Puis passant dans la
chambre voisine, elle revint aussitôt

avec un paquet de linge. « Voici mes hardes, dit-elle, je suis résolue à vous accompagner : je ne veux pas vous quitter un seul instant. »

Ce trait admirable produisit sur nous l'impression la plus profonde. Le médecin, pour la première fois depuis sa catastrophe, répandit des larmes, mais il eut l'équité de faire à sa vieille amie de fortes remontrances sur les inconvéniens attachés à sa résolution. Tout fut inutile : nous la vîmes se placer près de lui dans la charette, au milieu des bandits, en qui son action ne parut produire qu'un étonnèment stupide. Ils partirent. D'après ce que j'ai dit plus haut, on voit que la généreuse servante n'eut pas long-temps à souffrir les résultats fâcheux de son dévouement ; mais en était-il pas moins digne d'admiration ?

CHAPITRE XVII.

Retour à mon pays natal. — Visite au tombeau d'Élisabeth. — J'apprends d'elle un trait qui accroît encore mes regrets.

———

LE certificat de mes anciens chefs fut plus long-temps à me parvenir que je ne l'avais cru, car le bataillon allait toujours en avant, à cette époque où les armées françaises commencèrent à prendre sur celles des coalisés une supériorité incontestable. Je fus enfin libre de continuer ma route : je me séparai de mes compagnons de captivité avec l'espérance qu'un tel état de choses ne pouvait plus long-temps durer, et

que l'excès du mal en amènerait le
remède ; mais combien de victimes
encore, avant que le gouffre révolutionnaire commençât à se fermer !

Le premier usage que je voulus
faire de ma liberté fut d'aller arroser
de mes larmes la tombe qui renfer-
mait ce que j'avais eu de plus cher
sur la terre. Quand j'arrivai près de
ma ville natale, j'eus la douleur
d'apprendre que M. et madame Lormeuil avaient quitté le pays avec
leurs enfans. Ils s'étaient toutefois
bien gardés de négliger mes intérêts.
Effrayés du sort inévitable qui paraissait réservé au papier-monnaie,
et certains que je ne voudrais pas
agioter, ils avaient employé les
cinquante mille francs que je tenais
de ma généreuse amie en achats de
de biens ruraux. Je ne doutai pas un
instant qu'ils n'eussent cherché à

fuir la France. On verra dans la suite que cette conjecture était fondée.

La nuit allait couvrir la terre, lorsque que je m'approchai du tombeau où Elisabeth était réunie à son cher Théodore. Je l'arrosai de mes pleurs, et me disposais à partir, lorsque j'entrevis un homme qui paraissait m'observer. J'allai à lui, et le reconnus pour M. Vincent de Forlise. Sans éprouver une douleur égale à la mienne, il me parut touché; cette ressemblance dans nos sentimens établit entre nous la confiance. On eut dit que l'ombre de mon Elisabeth, planant autour de nous, établissait cette harmonie qu'elle avait quelquefois regretté de ne pas voir exister. Nous prîmes ensemble le chemin de la ville, et je n'ai pas besoin de dire que notre céleste amie fut le constant objet de notre entretien.

« Je me fais un plaisir, me dit M. Vincent de Forlise, d'accroître encore s'il se peut l'estime et l'attachement que vous portez à la mémoire de ma belle-sœur ; je me suis éloigné de sa maison quand j'ai vu que, malgré moi, vous y obteniez l'ascendant le plus considérable. Rapprochés comme nous le sommes, par le malheur de l'avoir perdue, vous entendez cet aveu sans mécontentement ; mais, M. Saint-Félix, sachez qu'Elisabeth vous a fait un grand sacrifice ».

Il me raconta aussitôt que, dans la pensée de la détacher de moi, il lui avait proposé pour époux un de ses amis, possesseur d'une immense fortune, jeune et doué de tous les avantages extérieurs. Mon incomparable amante avait répondu à cette proposition par un refus formel, et poussé la délicatesse jusqu'à ne pas même me donner connaissance qu'elle m'eût fait ce sacrifice. Cette action, qui ne me surprit pas, rendit mes regrets plus amers, et me fit sentir encore plus qu'auparavant tout ce que j'avais perdu.

Arrivés à la ville, nous allâmes à un logement que M. Vincent de Forlise y avait loué, et il me dit :

» Après vous avoir parlé de la plus estimable des femmes, je vous donnerais volontiers des détails originaux sur une personne qui déshonore son sexe; mais c'est demain *décadi*, et nous aurons deux cérémonies pendant lesquelles mon récit sera plus convenable.

Il m'apprit ensuite , qu'absent pour affaires depuis environ quinze jours, mon tuteur reviendrait le soir même. « Il sera passablement étonné d'un fait dont on est convenu de lui dissimuler la connaissance jusqu'au moment opportun, ajouta M. de Forlise; mais permettez que je vous en fasse aussi un secret; les coups de théâtre seront pour vous plus dramatiques. »

Je lui dis d'agir comme il le jugerait à propos, et il acheva de me donner l'hospitalité, en me faisant conduire dans une chambre commode. Le lendemain, il vint à mon lit, en me disant : « Lorsque par un bonheur assez rare, les sottises de ces gens-ci ne sont point sanglantes, ce qu'il y a de mieux à faire, c'est d'en rire. Venez assister à une fête de la *Raison;* vous verrez avec quel discernement on a choisi la déesse. »

Ces mots me préparèrent à l'apothéose d'Adèle; et je ne me trompai

II.   4

pas. Quand nous approchâmes de la maison commune, le cortége se mettait en marche pour une église destinée à cette profanation. Quelques chanteurs détonnaient des hymnes patriotiques, et je vis enfin paraître Adèle sur un char, entouré des officiers municipaux, à la tête desquels était mon tuteur.

— « Vous voyez qu'il est maire, me dit M. de Forlise ; c'est le moment de vous apprendre aussi que sa femme et lui ont fait divorce. Après avoir si souvent fermé les yeux sur sa conduite, il a enfin été détrompé de manière à ne plus pouvoir douter de sa propre déconvenue. Alors, ils se sont séparés pour incompatibilité d'humeur ; moyen bannal que l'on voit quelquefois employé par un des époux, quand l'autre est hors de France ou même de l'Europe depuis long-temps. »

Cependant, au milieu des chants
et du nuage d'encens dont on la
gratifiait, la chaste déesse conti-
nuait sa marche avec une rare assurance. A moins d'être absolument
nue, il lui aurait été difficile d'ê-
tre vêtue avec plus d'immodestie ;
quoique la vertu eût été mise *à
l'ordre du jour ;* mais c'était-là une
des milles contrariétés du temps. Je
passe sur les détails de l'arrivée
dans l'église et sur les hymnes dits
civiques dont on fit retentir les
voûtes. Le citoyen Desbois prononça
un discours, dans lequel il prouva
très-bien que nos pères avaient été
esclaves et stupides pendant plusieurs siècles, et que le bon sens
ainsi que la liberté ne dataient
parmi nous que de l'époque du tri-
bunal révolutionnaire des suspects,
du maximum, etc., etc. Il fut, selon

l'usage, très-peu écouté et fort ap-
plaudi; après quoi l'impression de
son discours fut ordonnée pour l'ins-
truction du peuple qui, ouvrant de
grands yeux, s'imaginait avoir entendu les plus belles choses du
monde.

Mon tuteur avait préparé un
autre discours pour le moment des
mariages qui allaient compléter l'au-
guste cérémonie; mais il était loin
de s'attendre que sa ci-devant femme dût être la première épousée.
Elle sauta de son siége à terre, avec
une vivacité qui aurait fait honneur
à ce que l'on appelle maintenant un
artiste funambule; et aussitôt se
présenta comme son mari.... le
curé Jumar.

Le citoyen Desbois fut un peu
surpris. Chacun remarquant que
l'ecclésiastique avait autrefois donné

lui-même la bénédiction nuptiale à mon tuteur et à sa femme, de longs éclats de rire nuisîrent un peu à la gravité des circonstances. Mon tuteur prit son parti en brave; et, comme il n'avait pas le temps de faire un nouveau discours, celui qu'il prononça offrit des passages assez grotesques, par les applications qu'il faisait.

J'ai toujours voulu conserver ce modèle d'éloquence révolutionnaire, et je vais en donner ici du moins un fragment. On jugera du mérite de ce morceau.

« Epoux républicains, dit mon tuteur, en s'adressant à une demi-douzaine de couples, à la tête desquels paraissaient fièrement Jumar et Adèle, les jours de la lumière et de la liberté sont venus. Plus de ces entraves qui liaient pour la vie

ceux qui s'étaient donné la foi conjugale. A l'exemple de Sparte, qu'il
faut toujours citer pour les bonnes
institutions, les femmes et les maris
contribuent par de fréquens échan-
ges à la multiplication de l'espèce.
Elle est essentielle, cette multiplication, car d'ici à long-temps, il ne
laissera pas de se faire une assez
forte consommation d'hommes,
quoique nous ne perdions dans des
batailles journalières, données sur
mille points de l'Europe à-la-fois,
que le dixième tout au plus de soldats, en comparaison des satellites
du despotime. »

Il s'arrêta pour reprendre ha-
leine, et ajouta, en regardant sa ci-
devant femme, plus spécialement
que les autres : « Vertueuses épouses,
faites consister, comme Cornélie,
mère des Gracques, votre parure

dans vos enfans. Le moment ne tar-
dera peut-être pas à venir où ils
appartiendront en commun à l'Etat.
En attendant cette époque fortunée,
mettez le temps à profit, et sachez
que les droits de l'homme existent
pour les deux sexes. »

Il était d'usage, alors, que quand
un orateur ne savait plus que dire,
il se tirât d'affaires par un cri de
vive la république! Mon cher tuteur divagua pendant un quart
d'heure encore, et poussa enfin l'ex-
clamation secourable, lorsqu'il se
sentit trop embarrassé pour pérorer
plus long-temps.

Ce ne fut pas tout : on se réjouis-
sait en ce temps-là par ordre, et
c'eût été se rendre suspect que de
ne pas avoir du plaisir. On forma
donc des danses dans l'église, et
plusieurs épouses, ou filles de dé-

tenus s'y trouvèrent; car on les avait *requises*, à cet effet, par des bulletins où l'on poussait la précaution jusqu'à leur prescrire leur costume et le temps qu'elles devraient consacrer à la fête.

M. Vincent de Forlise me raconta des anecdotes connues de toute la ville, sur la divinité du lieu. Il en résultait que la chasteté n'était pas au nombre des vertus exigées de la déesse *Raison*; car Adèle ne paraissait pas dans ces récits véridiques comme une Pénélope, et j'avoue que je fus peu tenté d'être fier d'avoir obtenu ses bontés, lorsque je sus que je les partageais avec un si grand nombre de mes concitoyens.

Au moment même où M. de Forlise me rapportait ces particularités, la dame ajoutait à son roman un

nouveau chapitre. Quand la nuit fut
venue, elle disparut pendant au
moins une forte demi - heure, et
comme le plus jeune des musiciens
fut aussi absent, durant tout le
même temps, nous ne doutâmes
point qu'elle n'eût donné déjà au
nouveau mari qu'elle venait d'é-
pouser sujet de ne se pas croire
plus heureux que l'ancien. Je ne
veux pas dissimuler que je n'en fus
pas fâché, car je n'ai jamais pu voir
Jumar et les hommes trop nombreux
qui agissaient alors comme lui, sans
un éloignement prononcé.

La libéralité de ma chère Elisabeth, et les soins attentifs de M. Lormeuil pour me conserver ma petite
fortune, m'avaient mis en état d'attendre un changement dans les affaires publiques, dont je ne formais
aucun doute. Je résolus donc de ne

me pas décider en ce moment pour
le choix d'un état; et comme Paris
est toujours la ville où l'on peut le
plus facilement augmenter ses connaissances, à peu de frais, je me
déterminai à m'y rendre.

Je pris congé de M. de For-
lise ; j'allai m'agenouiller encore devant le monument où Elisabeth re-
posait près de son fils, et je me
rendis dans la capitale.

—

CHAPITRE XVIII.

Retour à Paris. — En quel lieu je retrouve
Angélique.

———

L'ASPECT d'une cité si long-temps
le séjour de la magnificence et des
arts me serra le cœur. Partout le
désespoir des gens de bien égalait
l'audace des pervers. Bossuet avait
dit en parlant de l'idolâtrie : « tout
était Dieu, excepté Dieu lui-même. »
Ces belles expressions ont suggéré la
meilleure manière de peindre en peu
de mots ces temps déplorables. Tout,
a-t-on dit, était crime alors, excepté
le crime ; et cette pensée ne fut que
l'expression exacte d'une époque

dont un jour nos neveux révoque-
ront peut-être en doute une partie
des horreurs. Paris me déplut ; mais
où aller, où fuir ! le reste de la
France n'était pas moins malheureux,
pas moins opprimé. Dans les cités
comme dans les moindres hameaux,
le sang coulait comme l'eau ; et l'affreuse terreur étendait partout son
empire.

Un matin, je sortis, tâchant d'é-
chapper à moi-même et à ce qui m'en-
tourait. Je voulais errer parmi les
plaines de Montrouge, et dans
cette intention, je montai lentement
la partie de la rue Saint-Jacques,
appelée la Montagne Sainte-Géne-
viève.

Quoique le printemps eut commencé depuis plusieurs semaines,
l'atmosphère était pluvieuse et assez
froide. Avant d'arriver près du mo-

nument immense, d'abord consacré
à la jeune bergère de Nanterre, et
où les restes de Voltaire et de Jean-
Jacques Rousseau eurent quelque
temps l'insigne honneur de reposer
près de ceux de Marat, je vis à ma
gauche un assez grand nombre de
personnes arrêtées à la porte d'un
édifice, que je reconnus pour l'ancien collége du Plessis. Il était devenu une des vingt bastilles où les
honnêtes gens, arrêtés au nom de la
liberté, attendaient dans l'*égalité* de
leur réclusion, celle que l'écha-
faud allait bientôt offrir à la plupart
d'entreux. Tant de citoyens d'âge et
de sexe différens, attendaient avec
impatience, mais sans se plaindre,
sans laisser échapper le plus léger
murmure, l'instant où il leur serait
permis de visiter les détenus. Parmi
quelques femmes, toutes dans le

costume le plus simple, j'en remarquai une qui, le front couvert d'un
voile, s'appuyait contre la porte, et
ne paraissait prendre aucune part à
ce qui se disait autour d'elle. Son
immobilité exprimait une douleur
profonde ; et je ne sais quelle élégance dans son maintien, semblait
annoncer que ses vêtemens actuels
étaient un véritable travestissement.
J'aurais juré qu'elle était jeune et
belle, quoiqu'il me fût impossible
de voir son visage ; et je ne doutai
point que l'amour ne la conduisît
près de ce séjour de douleur.

La porte, ou plutôt le guichet
s'entrouvrit enfin, et un porte-clef,
avec toutes les décorations du temps,
je veux dire ayant le bonnet couleur
de sang, du linge sale, des mousta-
ches et des sabots, présenta sa hideuse figure devant le groupe des
solliciteurs.

« Entre, toi, dit-il d'une voix rauque à la jeune femme, tu es toujours la première à ton poste ». En parlant ainsi, il la prit rudement par le bras, tandis que de son autre main, il repoussait les plus empressés. L'inconnue se glissa lestement dans l'étroit passage, et parut remettre au geolier des assignats qu'il reçut comme le payement de quelque dette. Je remarquai qu'elle avait accompagné ce don d'une révérence gracieuse, qui me confirmait encore dans ma conjecture, mais je tremblais que cette politesse intempestive ne la fît repousser en dehors, lorsque la plus grande partie de son voile noir tomba. Aussitôt, son petit bonnet, semblable à celui des ouvrières, ne m'empêcha pas de reconnaître la charmante Angélique Pyrmont.

Je restai stupéfait : elle ne m'aperçut pas, et s'élança dans l'intérieur. Ma résolution fut bientôt prise ; je me promis de rester à l'attendre, dût-elle ne sortir que le soir. Quelques autres élus franchirent aussi le redoutable seuil ; après quoi, le cerbère de ce nouvel enfer devint inflexible pour tout le reste. Il referma sa porte avec brusquerie ; mais, sans doute pour les dédommager du désappointement qu'il leur faisait éprouver, il se tint en dehors, et daigna entamer une conversation avec quelques-uns d'entr'eux.

Déjà au fait des manières qu'il fallait affecter, sûr que mon habit, et mon bras en écharpe seraient encore là, pour moi, une puissante et juste recommandation, je m'approchai du géolier. Alors, lui assenant un coup violent sur l'épaule, en si-

gue de fraternité, je lui demandai
s'il ne voulait pas entrer avec moi
dans un petit estaminet qui faisait
face à l'édifice.

J'avais poussé l'attention jusqu'à
corroborer une invitation si at-
trayante, de cinq ou six juremens
de première qualité. La brute m'a-
dressa un sourire effroyable, et vint
avec moi dans l'échoppe obscure,
où il n'aurait pas été possible de lire
un seul mot. Cet inconvénient n'en
était pas un pour nous; l'eau-de-vie
que je versai par grandes rasades à
mon compagnon de table le mit en
gaîté, et tandis que nous nous pous-
sions réciproquement au nez la fu-
mée de nos pipes, je parvins à le
faire jaser sur ce que je voulais savoir.

Au milieu de son intarissable ba-
vardage, j'appris que la petite ci-

II.   4*

toyenne venait voir un homme âgé, amené au Plessis, depuis trois jours, et destiné probablement à périr bientôt... Les éloges grossiers que ce brigand subalterne donnait aux charmes d'Angélique, me causèrent les plus violentes tentations de lui couper la parole, en brisant sur sa face hideuse la pinte d'eau-de-vie placée entre nous. J'eus le bonheur de me contenir; et quelque temps après, tandis que je payais notre dépense, le géolier rentra en chancelant dans la prison.

Je restai dans la taverne en observation, et vers deux heures après-midi, je vis enfin sortir Angélique.

Il me parut qu'elle avait pleuré. Elle monta lentement la rue; et bientôt, tournant vers la droite, parut se disposer à entrer dans le jardin du Luxembourg, par la porte latérale de la rue d'Enfer.

Je la suivis, sans qu'elle fit à moi aucune attention. Enfin, quand nous fûmes dans une des principales allées, je dis assez haut, pour qu'elle m'entendît : « C'est ici que j'ai quelquefois été rejoindre un époux bien malheureux, mais pas encore autant qu'aujourd'hui.

Dès le premier moment qu'elle reconnut ma voix, elle tressaillit, et en s'écriant : « Saint - Félix! » elle tomba dans mes bras.

Je l'assis sur un banc : l'inquiétude qu'elle témoigna sur ma blessure me toucha sensiblement, et je ne tardai pas à la rassurer. Je lui proposai ensuite de gagner les boulevards du Sud, afin que loin de tous témoins importuns, nous pus-

sions nous faire des confidences mu-
tuelles.

— « En suivant cette route, lui
dis-je, après une marche assez longue, nous approcherons duChamps-
de-Mars. »

—« Quels souvenirs vous me rappelez, reprit-elle; » et je crus voir
deux larmes humecter ses paupières.
Je lui offris de prendre un repas
frugal dans la même maison où nous
avions dîné le jour qu'elle était venue chez moi. Elle y consentit; et
nous nous plaçâmes dans un cabinet
de verdure.

L'air était devenu serein, le soleil brillait par intervalles; un vent
léger agitait les cheveux d'Angélique, et son voile rejeté avec grâce
derrière sa tête. Il fallut que je
commençasse à lui dire ce qui m'é-
tait arrivé depuis notre séparation.

Je lui obéis le plus brièvement qu'il me fut possible; mais non sans avoir le cœur brisé, quand je lui parlai des momens d'un bonheur si fugitif, que j'avais dus à ma chère Elisabeth. Je n'affectai point de lui dissimuler mes regrets ; et elle montra pour ma douleur la plus douce sympathie. Ce fut ensuite à elle de m'apprendre le sort de son époux et le sien, depuis l'instant qu'elle avait quitté sa retraite. Elle se recueillit un instant et me dit :

— « Il conviendrait qu'une autre personne vous donnât les détails que vous me demandez, mon ami, car, je vous en préviens, quelque bizarre que ma conduite ait pu vous paraître, je vais être obligée de me donner des éloges. »

— Ah! répondis-je, je ne vous en croirai que mieux. Ne vous ai-je pas aperçue ce matin, accablée de douleur comme la belle Herminie; mais n'ayant jamais à craindre ainsi qu'elle d'aimer sans espoir. Comme elle encore, lorsqu'elle habitait la cabane du vieux pâtre, n'êtes-vous pas couverte d'humbles vêtemens, sans pouvoir déguiser aux regards ces attraits....

— Mon ami, interrompit - elle, en rougissant, plus de complimens ni de comparaisons tirées d'un grand poëte Italien. *Altri tempi, altre cure*, écoutez-moi.»

Nous avions si peu d'appétit, qu'elle me fit son récit sans aucune interruption.

«Passons rapidement, dit - elle, sur le parti que je pris de quitter Paris sans vous en prévenir. Une lettre de M. Pyrmont finit par me déterminer, après bien des hésita-

tions, à l'aller rejoindre. Mon
voyage n'eut rien de remarquable ;
délivrée des fatigantes assiduités de
deux jeunes fats, qui avaient été au
nombre de mes compagnons de
route dans la voiture publique, je
mis pied à terre un peu avant que
le carrosse arrivât à Tours, et laissant
mon bagage aller jusqu'à la ville,
où je devais le faire prendre, je me
trouvai bientôt dans une longue
avenue de hêtres, à l'extrémité de
laquelle était le château de mon
mari. Quand j'arrivai, quelques domestiques, auxquels la garde du
domaine avait été confiée, firent
paraître autant de joie que de surprise. Ils voulaient courir ver
M. Pyrmont qui était alors dans le
jardin; je les en empêchai, et me
rendis près de lui.

Je supprime les détails d'une re-

connaissance dont vous pouvez vous
faire une idée. Mon mari était très-
abattu et presque malade : il s'éleva
dans mon ame un sentiment voisin
du remords, quand je le vis en cet
état ; mais ma résolution était invariable. Je diminuai beaucoup sa joie
subite, en lui disant : — « J'ai cru,
monsieur, que mon asyle le plus
convenable était auprès de vous,
malgré ce qui s'est passé ; mais sou-
venez-vous, je vous conjure, que je
me crois et me croirai toujours indi-
gne de vous appartenir ; me témoigner de nouveau une indulgence qui
m'accablerait, ce serait, n'en doutez pas, m'ordonner de vous fuir
encore ; et en quel lieu sur la terre
trouverais - je désormais un refuge
convenable !

« Souffrez que je passe aussi
très rapidement sur ses efforts con-

tinuels pour me faire adopter d'autres résolutions. Plusieurs jours s'écoulèrent, avant qu'il m'accordât quelque tranquillité ; mais enfin, voyant que j'étais invariable et inflexible, il consentit à me traiter en sœur : heureux encore, me dit cet infortuné, de ce qu'il pouvait jouir de ma présence.

— «Je sentais avec amertume qu'il m'était impossible de ne pas être ingrate envers lui ; mais je n'en persistai pas moins dans mon plan. Pendant quelque temps, nous vécûmes, si c'était-là vivre, dans un état de tristesse et de langueur. Cette existence monotone nous pesait : les misérables qui opprimaient la France depuis la capitale jusqu'au moindre hameau, substituèrent enfin les terreurs et les persécutions à cette

II.   5

langueur, dont je me plaignais en secret. »

Un matin, des émissaires d'un comité vinrent arrêter M. Pyrmont, pour le renfermer dans les prisons de Tours. Je jurai d'être sa compagne inséparable, autant qu'on voudrait bien me le permettre. Vous vous étonnez peut-être que l'on m'ait laissé la liberté... »

— « Nullement, lui dis-je, nous vivons à une époque où, en examinant les actions des hommes par leur plus mauvais côté, on est à-peu-près sûr de ne pas se tromper. On voulait avoir sans nul doute en vous une belle solliciteuse, afin de vous vendre à un prix inestimable la liberté de M. Pyrmont. »

— « Vous l'avez dit, répliqua t-elle, et je suis toujours frappée d'in-

dignation, quand je pense avec
quelle impudeur on me fit les pro-
positions les plus avilissantes. Je
cessai mes démarches, et résolus de
partager en silence le sort de mon
mari.

» Vous savez trop que tous les
départemens ne tardèrent pas à
fournir aux juges-bourreaux, insti-
tués à Paris, leur contingent de victimes. Pyrmont, dont les biens
avaient été séquestrés, apprit que
l'on allait l'envoyer dans la capitale.
Frappé de l'idée qu'il y trouverait
la mort, il me pressa de rompre des
nœuds qui n'avaient et ne pouvaient
plus avoir pour nous aucune réalité,
et de recourir, comme tant d'autres,
au divorce pour me conserver des
moyens de subsistance. Je rejetai sa
proposition, avec une fermeté à laquelle il ne s'attendait pas ; et je lui

dis, une fois pour toutes, de ne jamais m'offenser en la renouvelant.
Alors commença pour moi le temps
des privations et de la détresse. J'offris à ce Dieu, que des brigands mé-
connaissaient, mes souffrances comme une expiation de mes torts,
et je commençai à partager ma vie
en deux occupations : un travail
manuel qui servait à faire subsister
M. Pyrmont et moi, et le soin de le
consoler dans la captivité. »

— « Il partit et je l'accompagnai.
Vous vous rappelez sans doute ce
passage si pathétique, où l'ame brû-
lante et l'imagination féconde de
l'abbé Prévost, à représenté le pauvre Des Grieux suivant la charette
qui conduisait en exil cette Manon
qu'il ne pouvait cesser de chérir.
Notre situation offrit, si je peux
m'exprimer ainsi, une contr'épreuve

de celle de ces deux amans infortunés, avec les différences essen-
tielles que vous devez admettre.
Souvent, lorsque l'hiver n'avait pas
encore cessé de faire sentir ses ri-
gueurs, je fis route avec mon mari,
soit à pied, soit après avoir chére-
ment acheté la permission de partager la paille sur laquelle il était
étendu. Après une route lente et
pénible, nous arrivâmes à Paris, lui
pour être déposé dans une prison,
moi pour craindre chaque jour qu'u-
ne affreuse catastrophe ne terminât
ses jours, et pour errer sans guide,
sans consolation, sans amis dans cette
immense capitale, qui offrait à mes
yeux de si effrayantes métamor-
phoses. Je voulus renouveller mes
démarches; ce fut encore au prix de
mon déshonneur qu'on m'offrit la
liberté de M. Pyrmont. Hélas ! je

ne puis douter que plus d'une épouse n'ait fait, vainement, dans une situation semblable, le plus douloureux sacrifice ! Mais ne nous appesantissons point sur un si triste sujet. Si l'excès du mal n'en amène pas le remède, il faut que je me résigne à ce que M. Pyrmont partage bientôt le funeste sort de tant d'autres victimes, non moins innocentes que lui ; et peut-être alors serai-je à mon tour en but à la persécution

» Je partageais ses craintes, et je cherchai cependant à la rassurer du mieux qu'il me fut possible. Je lui offris, ensuite, de faire tout ce qui dépendait de moi pour servir son mari. Elle accepta mes offres : aimant mieux, disait-elle, m'avoir obligation qu'à tout autre.

» Vous allez, ajouta-t-elle, me reconduire chez moi, et je ne vous

laisserai point à la porte, comme
lorsque vous m'accompagnâtes dans
cette demeure de paix, aujourd'hui
désolée et déserte. » Je pressai sa
main, et nous revînmes dans une
petite rue peu éloignée de la prison
où languissait son mari.

Angélique s'était logée chez de
bons artisans : elle y employait tout
le temps qu'elle n'était pas près de
M. Pyrmont, à des travaux fémi-
nins qui la mettaient à portée de
payer une modique pension, et de
procurer au prisonnier quelques
adoucissemens à son infortune. Je
lui rappelai, qu'ayant été ma bien-
faitrice anonyme, il lui était impossible de refuser les marques de ma
reconnaissance. Elle les accepta
sans objections. A cette inconcevable époque, dont le souvenir est
pour ceux qui ont eu le malheur d'y

vivre comme un songe accablant,
on était si peu sûr de la vie, on y
attachait si peu de prix, que les dons
de l'amitié se donnaient, se recevaient avec la plus surprenante
indifférence.

Je ne quittai madame Pyrmont
que très-tard, et, après lui avoir
annoncé que, dès le lendemain, je
ferais les démarches les plus actives
en faveur de son mari. J'allai donc
tutoyer je ne sais plus combien de
membres de comités, d'employés,
de commis, etc., etc. Je fis d'abord
si peu de progrès qu'à chaque instant j'étais prêt à me décourager.
La persécution s'accroissait de jour
en jour ; les atrocités se multi-
pliaient, et nous n'avions bientôt
plus d'espérance, quand le mémo-
rable 9 Thermidor vint arrêter le
bras des assassins.

Fidèle à mon plan, je n'entrerai
dans aucun détail sur cette journée
fameuse. Comme tous les gens sen-
sés, nous vîmes bien, madame Pyrmont et moi, que les animosités
entre les oppresseurs permettaient
seules aux opprimés de respirer;
mais nous dîmes avec vingt-cinq
millions d'infortunés :

« Qu'importe de quel bras Dieu daigne se servir ! »

CHAPITRE XIX.

Neuf Thermidor.

—

L'IMPRESSION que fit sur nous ce grand événement ne peut sortir de ma mémoire, par les circonstances particulières dont elle fût accompagnée. Après avoir partagé les inquiétudes et les terreurs d'une population immense, j'entendis enfin le mot d'humanité sortir de bouches si long-temps réduites au plus morne silence. J'avais veillé en armes pendant toute la nuit du 9 au 10 thermidor; quand le succès ne fut plus douteux, je courus le matin vers la demeure d'Angélique.

Son hôte était à sa section : je trouvai la femme de cet honnête citoyen
sur sa porte, et très-impatiente de
pouvoir aller causer dans le quartier
de l'événement qui tournait en quelque sorte toutes les têtes. Elle fut
transportée de joie de ce que ma
venue lui permit de sortir, et me
dit qu'après avoir passé avec elle
une partie de la nuit sans dormir,
Angélique avait enfin consenti à se
jeter sur son lit. Elle courut aussitôt
vers un groupe de femmes, ses voi-
sines, qui discutaient avec chaleur
sur les circonstances de la prise de
l'Hôtel-de-Ville, ou, comme l'on
disait alors, de la Maison Commune.

Je montai légèrement le petit escalier qui conduisait à la très-mo-
deste chambre d'Angélique. Persuadé, comme tous les Parisiens,

que les détenus n'allaient point tar-
der à être mis en liberté, et que, de
ce moment, leurs jours n'étaient
plus menacés, je tressaillais d'espérance et de joie. J'étais heureux
comme Français, comme ami, di-
rai-je aussi comme amant? Je crains
d'exciter contre-moi de violens mur-
mures, surtout de la part des dames
qui m'accorderont la faveur de me
lire. Cependant, j'ai fait le ser-
ment de voir la vérité avant tout,
et ce n'est point dans la vue de me
vanter que j'ai pris la plume. Pour
parler donc avec franchise, je dirai
que je ne savais pas trop en ce moment quel était l'état de mon cœur.
Ce qui m'occupait exclusivement,
c'était que je volais vers Angélique,
afin de lui faire partager mon allégresse, et celle de tous les bons
Français, de tous les amis de l'humanité.

Mon impatiente ardeur de la rejoindre ne m'empêchait pas de
prendre toutes les précautions pos-
sibles pour ne pas la réveiller; car
je ne doutais guère qu'elle n'eût
enfin cédé au sommeil.

J'entr'ouvris donc doucement la
porte, qui céda sans peine à ma
main circonspecte.

Puisqu'en faisant tous mes efforts
pour ne pas trop rembrunir mes
tableaux, j'ai dû cependant affliger,
par plus d'une sombre peinture,
l'imagination de mes plus jeunes
lecteurs et la mémoire des autres :
qu'il me soit permis de prendre et
de leur donner ici un dédommage-
ment, en m'arrêtant un peu sur
une scène d'une espèce toute diffé-
rente.

Angélique était sur son lit et endormie; mais il me parut évident,

qu'après une veille prolongée, le
sommeil l'avait surprise au moment
où elle avait commencé à se désha-
biller. Ses bras et une partie de son
sein s'offrirent à mes regards, sans
qu'aucun vêtement importun m'em-
pêchât d'en admirer les formes en-
chanteresses. Sa respiration douce
et pure, ce sein voluptueusement
soulevé, le demi-jour mystérieux
qui l'environnait, la solitude, le
silence, tout contribuait à porter
dans mes sens un ravissement inex-
primable. Malgré mon vif désir de
lui parler, de l'entendre, dans de
telles circonstances, de voir ses
yeux, maintenant fermés, se tour-
ner vers moi avec l'expression du
bonheur, depuis si long-temps, hélas! inconnu d'elle comme de tant
d'autres Français de l'un et de
l'autre sexe, je sentis une véritable

répugnance à l'éveiller : je ne pouvais me résoudre à me priver volon-
tairement du charmant spectacle
qu'elle m'offrait.

Eprouvant un frémissement dé-
licieux, je m'assieds sur le bord de
son lit : je me penche vers elle. Un
très-faible intervalle sépare de ses
charmes ma bouche et mes mains
impatientes. Oserai-je profiter d'une
telle occasion pour lui ravir quelques-unes de ces faveurs que l'amour
seul doit accorder ? J'hésite encore,
mais je sais, je sens parfaitement
que cet état ne peut se prolonger.
Tout, jusqu'à la chaleur de l'atmosphère, contribue à me plonger dans
une situation voisine du délire. En
ce moment, ses charmantes lèvres
murmurent quelques mots inintel-
ligibles : bientôt le nom de Saint-
Félix, distinctement prononcé avec

l'accent de la tendresse, frappe mes oreilles et fait tressaillir mon cœur. Elle le répète, elle me tend les bras....

Oh! je veux croire qu'il existe des sages qui, dans un tel moment auraient pu conserver leur impassibilité; mais je n'avais jamais eu l'orgueil de prétendre à leurs perfections : je m'en sentis alors plus que jamais incapable. Me blâme qui voudra, j'avoue que je me précipitai dans ces bras tendus vers moi, et que le baiser le plus passionné réveilla aussitôt la charmante dormeuse.

Dans le premier moment de sa surprise, et pourquoi n'ajouterais-je pas de son plaisir, elle fit peu d'attention au désordre de ses vêtemens. Je n'étais pas tellement dominé par le sentiment de mon bonheur, que

je ne songeasse à prolonger, le plus
que je le pourrais, son inattention à
cet égard. Je m'empressai donc de
lui apprendre par des exclamations
où il entrait, je l'avoue, un peu d'af-
fectation, le triomphe des amis de
l'humanité, et l'espoir si fondé auquel ils pouvaient se livrer désormais de voir cesser l'empire du
crime. Angélique, cependant, ne
tarda point à recouvrer sa présence
d'esprit, et elle me dit, d'un ton
assez sérieux, que je pouvais lui
faire part de tant de faits merveilleux, sans me livrer à de si vives
démonstrations.

—« Ah! chère et charmante amie,
lui dis-je, le ravissement où je suis,
tous nos concitoyens le partagent.. »

—« Fort bien, interrompit-elle,
mais il est à croire que tous ne le
manifestent pas avec tant de viva-

II.   5*

cité. Saint-Félix, allez m'attendre en bas, allez-y, je le veux. »

Je me rapprochai de la porte, avec une tristesse si visible, qu'elle parut avoir quelque pitié de mon état. — « Cruel ! me dit-elle, à demi-voix, vous ne pouvez concevoir tout le mal que vous me faites ! »

N'était-ce pas me rappeler à ses pieds, et s'étonnera-t-on que j'y aie volé aussitôt ? Quelques momens se passèrent en excuses et en prières, de mon côté ; en remontrances de la part d'Angélique, tandis qu'elle se hâtait d'achever de prendre tous ses modestes vêtemens, nous pûmes enfin raisonner avec un peu de calme sur la grande nouvelle du jour. Nous descendîmes ; notre hôtesse rentrait, et nous allâmes, à notre tour, nous mêler aux groupes joyeux qui remplissaient la rue.

Angélique me fit l'observation qu'il fallait tout mettre en usage pour annoncer de si heureux évé-nemens à M. Pyrmont. Le nom de son mari, et la pensée qu'il serait bientôt libre, que sans doute elle le suivrait dans son pays , où il ne paraissait pas probable que je pusse les accompagner , opérèrent en moi le changement le plus absolu. Je reconnus la justesse de son observa-tion, mais je devins rêveur, triste, et des larmes vinrent même mouiller mes paupières.

Elle s'en aperçut, et parut tou-chée. — « Inexplicable destinée, s'é-cria-t-elle, ne nous donneras-tu donc jamais de bonheur sans mé-lange ! » Mes peines me parurent plus supportables, quand je vis qu'elle les partageait. Je portai à mes lèvres sa main qu'elle m'abandonnait sans

nulle résistance; et comme animé
tout-à-coup d'un sentiment héroïque, je m'écriai :

— « Oui, allez au Plessis, quoique
sûrement l'importante nouvelle y soit
déjà parvenue; moi, je cours vous
servir. Je dois, je veux m'oublier,
m'immoler s'il le faut pour vous. »

Le bien, comme l'on sait, ne
s'effectue jamais avec autant de
facilité que le mal; et l'on ne s'éton-
nera pas sans doute que plus d'un
obstacle s'élevât contre la liberté
des prisonniers. Le levain révolutionnaire fermentait encore partout,
quoique madame Pyrmont eût remarqué dans les manières des géoliers un changement en bien, dont
elle fût frappée. Pour moi, fidèle à
mon plan, je multipliai mes démarches; et enfin, vers le soir du cin-
quième jour, après la grande révo-

lution thermidorienne , je parus
devant madame Pyrmont, en lui
disant :

— « Notre ami est libre : voici
l'ordre de sa sortie. Je ne regrette
plus d'avoir passé loin de vous presque toutes les dernières journées. »

Elle crut me devoir un dédom-
magement , et me tendit une main
sur laquelle j'imprimai mes lèvres à
plusieurs reprises. Elle me dit aussitôt.

— « Allons au Plessis. »

Ici, encore, pour ne pas me peindre meilleur que je ne suis , j'avoue-
rai que je sentis un cruel serrement
de cœur. Angélique s'en aperçut,
mais elle n'ajouta rien. Je lui fis
l'objection que nous ne verrions
M. Pyrmont (je ne pouvais me résoudre à l'appeler son mari) avant

le lendemain matin; mais elle me
répondit :

— « Une largesse faite à propos à
ces géoliers, maintenant accessibles,
n'importe par quels motifs, aux
sentimens de l'humanité, nous per-
mettra du moins de lui apprendre
votre succès, et de lui faire passer
une heureuse nuit. »

Il n'y avait pas la moindre objection à faire ; et nous nous rendîmes
aussitôt à la maison d'arrêt.

———

~~~~~~

CHAPITRE XX.

Heureuses suites du grand événement.

—

Les choses arrivèrent comme nous l'avions prévu ; le porte-clé dont j'ai parlé, et qui ne jurait plus tant, nous assura qu'il allait communiquer notre heureuse nouvelle à celui qu'elle intéressait.

Oh! si je ne craignais de me perdre dans des discussions fatigantes pour mes lecteurs, la belle dissertation que je pouvais faire ici! Je traiterais de l'influence des causes secondaires, souvent très-faibles en apparence, sur les événemens les plus

importans de notre vie ; mais il me
paraît plus convenable de rapporter
les faits avec exactitude.

Madame Pyrmont me proposa de
passer au Luxembourg le reste de la
soirée, et je n'osai la contrarier ;
quoique j'eusse beaucoup mieux
aimé un entretien tête à tête chez
elle. Une pluie d'orage survint : le
tonnerre, qu'elle redoutait extrême-
ment, gronda sur nous, et elle me
dit, presque tremblante : « Ren-
trons chez moi. »

Autre incident. Une voisine nous
apprit que notre hôte et sa femme
étaient allés célébrer une nôce d'a-
mis dans le faubourg Antoine (les
saints n'avaient pas encore recouvré
leur qualité, du moins dans la bouche du peuple). Cette femme ajouta
qu'ils ne rentreraient que très-

tard, et nous faisaient prévenir qu'ils s'étaient munis de leur clé.

Madame Pyrmont en avait une : nous entrâmes, et ce ne fut pas sans une vive émotion que je me vis assuré pour plusieurs heures du tête à tête que je désirais naguére, sans l'espérer. Je m'aperçus qu'elle ne paraissait pas plus tranquille que moi; et cette remarque ne fit qu'augmenter mon trouble.

Les bonnes gens chez qui elle demeurait, avaient eu soin de nous préparer un souper assez délicat. Il semblait qu'ils n'auraient pas voulu se réjouir de leur côté, sans être sûrs que nous prissions aussi quelque plaisir. Celui de la table était cependant alors sans attraits pour moi; mais Angélique m'ordonna de manger, avec ce ton d'autorité qui plaît et promet tant dans la bouche d'une

II. 6

femme aimée ; et j'essayai de lui obéir.

Nous fûmes toutefois assez tristes et silencieux jusqu'au dessert. Alors l'orage redoubla, et fit tressaillir Angélique à tout moment. Comme si elle eût voulu se réfugier sous ma protection, peu-à-peu son fauteuil se rapprocha du mien. Je ne nie pas que je fis aussi une grande partie de la route pour opérer cette réunion.

Ni l'un ni l'autre n'avait encore osé parler de M. Pyrmont et des suites présumables de sa délivrance. Nous nous regardions, occupés de la même pensée ; mais chacun de nous semblait ménager l'autre en ne traitant pas une matière si délicate. Tout-à-coup, lorsque Angélique venait de se lever pour prendre quelque chose sur la cheminée , le tonnerre se fit entendre avec fracas , et si prés de nous , que nous le crûmes dans la chambre même. Angélique se laissa tomber de frayeur entre mes bras ; et moi , entraîné par tous les sentimens qui me tourmentaient, je m'écriai d'un ton passionné :«O mon Dieu! épargnez-là, et terminez mon existence. Vous m'aurez accordé deux bienfaits au lieu d'un. »

— « Pensez-vous à ce que vous dites ? » s'écria Angélique , en portant une de ses mains à mon front brûlant.

—« Oui, certes, répondis-je avec feu : que ferai-je désormais sur la terre ? Dévoué par ma funeste étoile à éprouver les atteintes de l'amour , je n'ai aimé que deux femmes dans ma vie. J'ai perdu l'une pour toujours; l'autre, après avoir rejetté mes vœux, va m'être enlevée, va vivre loin de moi. Oui , je le répète , la mort serait pour moi le bien le plus désirable. »

Angélique n'avait point quitté la place qu'elle occupait sur mes genoux. Je la serrai avec force dans mes bras, et elle me dit:

— « Insensé, injuste ami que vous êtes, la reconnaissance ne suffirait-elle pas pour que notre séparation fût peu durable ? »

— « Cependant, m'écriai-je, vous avouez qu'elle est inévitable et prochaine. »

Alors, la repoussant en quelque sorte, je me levai et me mis à marcher dans la chambre.

— « Saint-Félix, me cria-t-elle, calmez-vous, écoutez-moi. »

Ses paroles semblaient accroître mon délire. Je gémissais, je sanglottais; elle se rapprocha de moi, et tenta de m'arrêter. Je dégageai ma

main d'entre les siennes ; je la regardai, et, me jettant dans un fauteuil, je versai des larmes amères.

Ma profonde douleur et le coup-
d'œil d'angoisse que je lui avais
lancé produisirent sur elle un effet
que je n'avais pas espéré. Elle vint à
moi, et me dit d'une voix altérée :
— « Ne pleurez pas, je le veux, je
l'exige : mon ami, mon cher Saint-
Félix, calme-toi. »

A ce tutoiement, qui fut toujours
le langage de la passion ; je jettai un
cri de joie. — « Tu m'aimes, oui tu
partages mon amour ! » dis-je avec
transport.

Elle pencha sa tête contre la
mienne ; et, par un privilége dont
je sentis toute l'importance, par un
bonheur qui n'arrive peut-être pas à
deux amans sur mille, l'occasion

que j'avais autrefois négligée , ne fut plus perdue pour moi...

Que l'on me permette d'exprimer de cette manière , très-froide , mais décente , ce que je n'ose décrire. Je craindrais de me laisser entraîner plus loin que je ne voudrais par d'ineffaçables souvenirs.

Nous ignorâmes à quelle heure nos hôtes rentrèrent ; nous étions trop occupés de nous-mêmes pour songer aux autres. Le lendemain, les premiers mots que m'adressa Angélique m'ont paru mériter d'être conservés. — Mon ami , me dit-elle, l'époque du 9 Thermidor doit être pour nous doublement remarquable. *Datons de là :* tu me verrais expirer de honte , ou , dans mon désespoir, attenter peut-être à mes jours , si jamais...

Je ne lui permis pas de continuer.

Il était impossible de mieux entrer dans sa pensée ; et elle parut satisfaite.

Quoique ses liens avec M. Pyrmont fussent depuis long-temps brisés ; certain que la présence de ce mari nous serait très-gênante , je voulus retarder un peu la visite ; mais Angélique insista de la manière la plus positive pour que nous ne missions pas le moindre retard à lui rendre la liberté. Je fus obligé d'y consentir, tout en admirant cette étonnante disposition du cœur féminin , qui souvent mène de front deux affections si différentes. Si l'on en croyait certains observateurs , il existerait des femmes encore plus extraordinaires, qui savent accorder ensemble , en pareille circonstance, deux affections à peu près égales. Je ne veux point adopter une telle opinion, et je tiendrai toujours qu'elle est calomnieuse.

J'avais profité d'un moment où l'artisan et sa femme étaient tous deux sortis, pour paraître arriver au moment même ; mais j'ai tout lieu de croire que ma petite finesse ne leur en imposa pas. Au reste, leur conduite fut celle qu'auraient tenue les gens les mieux élevés. Ils ne parurent s'apercevoir de rien. Je fais cette remarque pour la satisfaction de ceux qui pensent que depuis 1789 les lumières se sont fort répandues dans le peuple.

~~~~~~

CHAPITRE XX.

Petite esquisse d'une partie de la Société
nouvelle.

—

Nous avions si peu de chemin à
faire qu'Angélique ralentit notre
pas pour m'adresser une confidence
qu'elle avait différée jusqu'alors.
Elle n'avait pas voulu m'en parler
dans sa chambre, de crainte que je
ne fisse prendre un autre cours à
l'entretien. Voici cette observation:
elle démontre une des tristes vérités
dont il a bien fallu, dans ces derniers temps, reconnaître l'existence.

Elle m'apprit que, courbé sous le
poids du malheur et de l'injustice,

M. Pyrmont n'était plus semblable
à lui - même , et que je ne retrou-
verais plus en lui cette tête qui,
sur un seul point excepté , à la vérité très-important , avait donné de
nombreuses preuves de sagacité et
de lumières.

Sa vue confirma la remarque
d'Angélique. Presque insensible , en
apparence, au plaisir de se voir libre , il n'eut pas même assez de
mémoire ou d'énergie pour être
alarmé de ma présence auprès de son
épouse. Son apathie était complète ,
et , au lieu de recouvrer les qualités
qui honorent l'homme , il nous parut
de jour en jour moins supportable.
Beaucoup de personnes, sans doute ,
parmi celles que les révolutionnaires
ont tourmentées, méritèrent les mêmes reproches, ou , pour mieux
dire , la même pitié. Cependant, la

cause première de la dégradation où
M. Pyrmont était tombé, ne devait
nullement lui nuire chez les esprits
bien faits. Il n'avait pu supporter les
persécutions de gens qui déshono-
raient une cause à laquelle il avait
tout sacrifié. Ceci explique comment
on a quelquefois vu des généraux,
injustement condamnés, gémir et
même pleurer à l'approche de la
mort qu'ils avaient tant de fois bra-
vée sur le champ de bataille. Mais
revenons à M. Pyrmont.

L'état pénible où il se trouvait ne
fut pas de longue durée. Il tomba
malade, et malgré nos soins, il s'é-
teignit, après quelques semaines de
langueur. Il y aurait de ma part une
vile hypocrisie à dire que nous le
regrettâmes beaucoup. Angélique
n'avait pas encore appris de moi le
sort funeste du chevalier d'Arme-

ville , cette autre victime de nos troubles politiques. Je ne crus point mal faire en le lui apprenant, avec les ménagemens convenables , afin de lui démontrer que désormais nous devions concentrer en nous deux tous nos sentimens. Angélique fut touchée , et sa douleur ne m'étonna pas ; mais l'amour occupa bientôt exclusivement toute son ame ; et j'en fais la remarque, pour prouver que parfois une femme qui a failli peut rentrer dans le chemin de l'honneur, malgré les sinistres pré- dictions du trop sévère ou peut-être trop peu sensible Boileau.

A cette époque, on sait quel étonnant changement se manifesta dans les mœurs publiques. Long- temps forcées à s'interdire le luxe et les plaisirs , les femmes s'y livrèrent avec une espéce de délire. Alors

commencèrent ces modes qu'il y a
du ménagement à ne nommer que
bisarres, et par lesquelles, tout en
prétendant imiter les femmes grec-
ques, nos dames adoptèrent un costume souvent plus que galant. Je
gémissais quand des femmes disgra-
ciées de la nature, ou avancées en
âge, se donnaient l'insupportable
ridicule de se livrer à cette manie ;
mais je tremblais qu'Angélique,
plus faite que jamais pour charmer,
ne l'adoptât. Elle mit autant de grâce
que de délicatesse à me rassurer.
— « Ne crains pas, me dit-elle, que
de si nombreux exemples soient con-
tagieux pour ton amante. Il est des
voiles que la main seule de l'amour
peut lever ; et la femme qui paraît
provoquer les désirs audacieux se
met d'elle-même hors d'état de les
réprimer. »

Elle me parlait ainsi , et sa conduite était conforme à ses discours,
lorsque de toutes parts, on affectait
de braver la pudeur. Mon bonheur
semblait donc assuré par la sagesse
des idées de mon amie. En me rappelant quelques circonstances du
passé, j'aurais à peine pu croire à ce
bonheur. Le retour du mal au bien
est sans doute beaucoup plus rare
que la corruption des meilleurs
principes; mais ce serait calomnier
la nature humaine que de le regar-
der comme impossible.

Ce n'est pas sans raison que j'ai
parlé ici de certaines femmes en qui
le mépris des convenances annon-
çait un penchant prononcé pour les
plus grands désordres. J'eus, vers ce
temps, une aventure bien digne de
figurer dans cette suite d'esquisses ,
où j'essaie de crayonner les formes

sous lesquelles se présentaient les mœurs de cette époque.

Depuis quelques jours, Angélique, plus recueillie et plus aimante peut-être encore qu'auparavant, préférait à la société et aux spectacles ou une conversation instructive avec moi, ou des lectures intéressantes. J'ai toujours cru que, toutes choses égales, la femme pour qui un livre était une agréable compagnie, savait être plus heureuse, et apportait plus de bonheur dans sa maison que les autres. J'applaudissais donc à ce changement qui n'était pas en elle le moins remarquable. Angélique, de son côté, désirait quelquefois être seule, et m'invitait à ne pas trop me renfermer. Un soir que, pour lui complaire, j'avais été prendre l'air, je rencontrai, à la sortie du Palais-Royal, un commissionnaire

qui me demanda si je n'étais pas
M. Saint-Félix ; sur ma réponse
affirmative, il me remit un papier
plié, et disparut.

L'écrit portait ces mots:«Une an-
» cienne connaissance que vous ne
» serez point fâché de retrouver, se
» rencontrera sous trois jours avec
» vous dans la maison où vous irez ;
» mais elle desire vous voir aupara-
» vant. Allez donc demander, rue
» Feydeau, n°. ***, mademoiselle
« Agathe, c'est sa femme-de-cham-
» bre. »

Nous étions, en effet, invités chez
un particulier que j'avais autrefois
entrevu à la table de ma chère Elisabeth, et qui m'avait fait les avances les plus amicales pour entretenir
une liaison avec moi ; mais je regardai le billet anonyme, comme semblable à tant d'autres que l'on est à

portée de recevoir dans Paris , et je revins chez moi.

Le lendemain , lorsque je sortais, nouveau commissionnaire , et nouveau papier remis avec le même mystére.

Cette fois on me reprochait vivement ma négligence : on me donnait rendez-vous pour le soir à neuf heures , et l'on m'assurait, qu'ayant reçu un service important de la personne qui m'écrivait , je serais coupable d'ingratitude si je montrais encore aussi peu d'empressement que la veille.

Je résolus de me rendre au lieu indiqué , mais sans rien dire à Angélique.

Je demandai cette demoiselle Agathe, que je soupçonnais fort d'être toute autre chose qu'une femme-dechambre, et je fus invité à monter au premier étage.

La maison était magnifique au-dehors; mais la splendeur des appartemens l'emportait encore. Un domestique me conduisit dans une chambre très-bien meublée, où je vis une jeune personne que je crus la dame du lieu, au luxe de ses vêtemens.

Ce n'était cependant que mademoiselle Agathe. Elle me pria d'attendre quelques instans, et m'assura que sa maîtresse serait enchantée de mon exactitude. Je vis qu'elle était dans la confidence, et voulus la faire parler, mais elle s'éclipsa.

Peu de momens après, elle revint; et après m'avoir fait traverser plusieurs pièces brillantes de dorures et d'ornemens, elle m'introduisit dans un boudoir dont rien ne pouvait surpasser l'élégance.

En allumant plusieurs bougies, mademoiselle Agathe m'annonça que sa maîtresse allait venir. C'était le temps où le discrédit toujours croissant des assignats, et la mauvaise foi de presque tous les débiteurs réduisaient à l'indigence un nombre incalculable de familles ; c'était le temps où la disette se montrait dans les rues, dans les carrefours, sous les formes les plus hideuses. Je soupirai du rapprochement de cet état de choses avec le faste dont j'étais environné, et je me dis : je suis sans doute chez quelque fournisseur, chez quelque homme enrichi par la misère publique. Je ne me trompais pas ; mais la personne annoncée parut, et mademoiselle Agathe se retira.

Je ne pourrais dire, à la rigueur, que cette dame fut somptueusement vêtue, car elle l'était à peine; mais le peu d'habillemens qu'elle avait était de l'espèce la plus recherchée. Une robe sans chemise laissait à découvert ses bras, son sein et ses épaules. Un peigne garni de diamans relevait ses cheveux. Quant à la finesse de sa robe, j'en donnerai une idée, en disant qu'elle laissait apercevoir très-distinctement la couleur de ses jarretières bleues. C'était ce qu'à Rome, sous les Empereurs, on eut appelé: *de l'air tissu.*

Cette femme, c'était Adèle, Adèle Desbois, Adèle Jumar, et à qui je me doutais qu'il fallait maintenant donner un autre nom; sans compter tous ceux auxquels elle n'aurait eu que des droits illégitimes.

Elle me raconta qu'elle avait quitté son second époux, pour venir à Paris, où elle avait fait la connaissance d'un citoyen Finot, déjà possesseur d'une brillante fortune. Ce qu'elle ne me dit pas, mais ce que je pus conjecturer facilement, c'était que ce Finot, semblable à tant d'autres coquins, élevait sur la ruine des honnêtes gens sa prospérité scandaleuse. Au reste, Adèle n'avait pas encore entamé son second divorce, qu'elle effectua quelque temps après.

Son effronterie répondit à l'indécence de son costume. Elle me rappela, sans détours, nos anciennes liaisons, et me proposa de les renouer. Mon refus ne parut pas la blesser autant que je m'y attendais : c'était de sa part dissimulation profonde.

Plusieurs fois, j'avais désiré la quitter, mais elle eut toujours quelque prétexte pour me retenir. Enfin, à près de minuit, je terminai cette visite fatigante, et retournai vers Angélique.

Je ne comptais pas lui faire un secret de mon entrevue avec la méprisable Adèle, bien sûr qu'elle ne redouterait rien d'une telle femme ; mais je crus lui devoir des excuses sur mon retard prolongé ; et ce fut la cause d'un des événemens les plus heureux de ma vie.

Ma charmante amie m'attendait en lisant l'excellent ouvrage de Fénélon sur l'*Education des Filles*. Lorsque je la priai d'excuser la prolongation involontaire de ma visite, Angélique tourna vers moi ses beaux yeux, et me dit: « J'avais de quoi m'occuper et t'attendre sans trop d'impatience : je réfléchissais sur des devoirs qu'il me faudra bientôt remplir. Crois, mon cher Saint-Félix, que je suis bien pénétrée de toute l'importance des augustes fonctions de mère. »

Cette nouvelle , annoncée d'une manière si touchante, me combla de joie.

— « Angélique, lui dis-je, si ta fortune n'eût pas été très-supérieure à la mienne , je t'aurais déjà parlé de t'assurer par le mariage un rang qui t'appartient dans la société. Ton état me détermine : je suis à tes ordres. »

Une joie céleste brilla sur la figure de mon amie. Elle se précipita à mes pieds, malgré tous mes efforts pour la relever, et me jetter aux siens ; elle y était encore, lorsqu'elle me dit :

— « Dieu soit loué! me voici enfin
la plus heureuse des femmes. O mon
ami! je n'aurais pas osé te faire la
proposition d'un mariage qui com-
plettera ma félicité. »

Je l'embrassai, et nous arrêtâmes
que, sans faste, sans éclat importun,
nous disposerions tout pour devenir
époux au commencement de la se-
maine suivante.

J'ignore si je trouverai ici des
censeurs; mais je peux dire qu'Angélique me paraissait plus capable
que beaucoup de femmes, jusqu'a-
lors sans tache, de faire mon bonheur dans les liens toujours redou-
tables de l'hyménée. Je pense encore
de même, et je ne tiendrais pas
aujourd'hui une autre conduite.

Je commençai dès-lors à recevoir
le prix de ma résolution. Angélique
me sembla, et fut en effet encore

plus aimante qu'auparavant. La certitude d'être quitte d'une situation qui a
toujours pour les femmes quelque
chose d'embarrassant, donna plus
d'aisance et de dignité à son maintien ; et le nom d'épouse que je me
plus à lui répéter, fit tressaillir son
cœur sensible d'une pure allégresse.

C'était à un *Thé* que nous étions
invités. La mode accréditait alors de
tout son empire ces réunions du soir,
ou plutôt de la nuit ; et je ne doutais
pas que nous n'y fissions quelques
remarques intéressantes sur les ridicules du temps. Cependant, l'idée
d'y rencontrer madame Jumar nous
déplaisait ; mais la société était alors
si mélangée, que, pour ne pas se
trouver souvent avec des personnes
semblables à elle, il aurait fallu
rester chez soi.

Angélique prit un juste milieu

II.   7

entre le costume d'alors et celui qu'elle avait l'habitude de porter. Elle aurait été désignée comme une prude, si elle n'eût pas fait quelque sacrifice à l'usage.

Le jour venu, Angélique, vêtue avec un goût exquis, Angélique, portant dans son sein un gage de notre amour, me parut d'une beauté ravissante, et les éloges de celui qu'elle aimait lui causèrent un plaisir sensible.

Aujourd'hui que les mœurs sont si chastes, les rangs si bien marqués, et les convenances sociales observées avec tant de scrupule, on aurait peine à imaginer les bisarreries qu'offraient ces sortes de réunions. La plupart des hommes rassemblés dans un salon immense, paraissaient menacés d'une cécité absolue, et portaient des conserves; quoique assurément,

pour contempler les charmes de
leurs dames, rien ne leur fût moins
nécessaire que des lunettes. Que l'on
ajoute à cela des habits en forme de
sacs, un grasseyement, une affec-
tation continuelle à ne pas prononcer la moitié des consonnes, et le
plus futile jargon : voilà ce qui frap-
pait, au premier aperçu, dans ces
Thés si vantés, dont la mode a passé
comme tant d'autres.

Ce qu'il y avait de plus extraor-
dinaire encore, c'était la différence
d'états, de mœurs, d'opinions, que
présentaient ces nombreuses réunions. Ici, un jacobin avait troqué son
bonnet rouge et ses sabots contre une
coiffure à oreille de chien, et le costume dit des *incroyables*. Avec ses
cheveux relevés par un peigne et son
horreur, motivée à chaque instant
pour tout ce qui tenait à la révolution,

jamais on ne l'aurait soupçonné d'avoir été un des plus avides de ces membres de comités de sections, terreur de tous leurs voisins honnêtes et dans l'aisance.

Près de lui le hasard amenait quelquefois les amis, les épouses de ceux que le fer des proscripteurs avait moisonnés; et l'on eut trop souvent occasion de remarquer que telle femme, qui s'était signalée, quelques mois plutôt, par des actes d'un dévouement sublime, s'exposait alors, par sa conduite, à d'assez graves reproches. La dépréciation des assignats commençait à rendre presque tout le monde marchand ou plutôt agioteur. On gagnait, on dépensait des sommes considérables avec une égale facilité ; et tous les moyens semblaient bons pour acquérir de quoi briller et se divertir.

La vue d'Angélique fit sensation, quoique la société rassemblât plusieurs jolies femmes ; au reste, le costume de toutes avait quelque chose d'original. Lorsque la jeunesse et la beauté livraient aux regards souvent impertinens des hommes, des charmes qu'elle aurait dù voiler ; la vieillesse et la laideur se croyaient obligées de les repousser, en étalant les ravages du temps impitoyable. Ainsi, presque toujours, les desirs se trouvaient en même temps allumés et éteints. Le contraste entre les manières et les riches vêtemens des nouveaux parvenus, n'était pas plus absolu, plus étonnant que celui-là.

Il nous fallut supporter la conversation d'Adèle ; et Angélique eut à contenir dans les bornes du respect plus d'un jeune merveilleux empressé de lui offrir ses hommages peu flatteurs. Nous ignorions alors que, piquée de mon refus, Adèle avait résolu de me punir en faisant tout pour entraîner Angélique dans quelque faux pas.

Outre un grand jeune homme bien fat, qui s'était offert à seconder sa vengeance, elle était encore servie par une de ces femmes qui, si elles étaient plus nombreuses, rendraient l'état social un véritable enfer. Celle dont je parle avait passé l'âge de la jeunesse, et sa physionomie n'avait jamais été heureuse ni belle. Cependant, avec ses petits yeux et ses traits, qui tenaient beaucoup du tartare, elle avait des prétentions excessives. Capable de toutes les noirceurs, corrompue dès l'extrême jeunesse, et n'ayant jamais songé à réprimer la fougue d'un tempérament lubrique, elle était naturellement l'ennemie de toutes les femmes, et l'*amie* de tous les hommes. D'après la scandaleuse publicité de ses aventures, Adéle elle-même eut semblé près d'elle une Vestale. On donnait à cette peste publique le prénom de *Cécile*, quoique sa voix aigre et criarde, même lorsqu'elle minaudait, ne rappelât nullement l'idée que l'on se forme de l'organe enchanteur attribué à sa patrône. Quant à son nom propre, elle aurait dû en changer deux ou trois fois par jour, si elle eût porté successivement celui de tous les hommes qu'elle attirait dans ses filets. Elle se disait alors mariée à quelqu'un dont on n'avait jamais constaté l'existence.

Telle était l'associée d'Adéle pour nous punir, Angélique et moi, du tort irréparable aux yeux de ces femmes perdues de chercher et de trouver notre bonheur en nous-mêmes. J'ignore ce que Cécile a pu devenir depuis; mais tout me porte à croire qu'elle aura terminé sa honteuse carrière dans une de ces maisons de correction, qui jamais n'ont renfermé de femmes aussi méprisables qu'elle.

Je ne connus pas immédiatement combien cette Cécile était dangereuse; car il y aurait eu de ma part une imprudence insigne à la recevoir dans ma maison. Adèle, si dignement secondée par elle, fit à Angélique les avances les plus empressées; et, malgré les raisons qu'avait mon amie d'éprouver à son égard un fort éloignement, elle fut en quelque sorte obligée de lui répondre avec civilité. Les deux

complices en profitèrent pour nous
faire dès le lendemain une visite.
Elles eurent l'attention de ne pas la
prolonger ; mais elles observèrent
avec soin la disposition de nos appartemens, et formèrent là-dessus un
plan infâme. Je ne tarderai pas à le
faire connaître, lorsque j'aurai dit
un mot de notre mariage.

CHAPITRE XXI.

Mariage que l'on désapprouvera si l'on veut.

Sı nos excellens amis, M. Lormeuil
et sa belle Eléonore eussent été à
Paris, peut-être les aurions-nous ren-
dus seuls témoins de la cérémonie
qui légitimait notre union. Eprouvant de leur absence les plus vifs
regrets , j'eus l'attention de ne pas
rechercher la foule. Angélique portait déjà publiquement mon nom ;
il nous fut facile de ne former qu'un
mariage secret. M. Vincent de Forlise, venu à Paris fort à propos, fut
un de nos témoins ; mais j'éprouvai
un plaisir bien plus vif, lorsque, la

veille même du jour fixé, je vis paraître chez moi mon ancien ami, le bon et sage Harmand.

Emprisonné pendant quelque temps, mais inflexible dans sa haine enverse crime, il avait mieux aimé exposer ses jours, que de transiger avec lui. Le neuf Thermidor lui avait rendu la liberté, et il venait poursuivre à Paris le recouvrement d'une somme considérable. Le gouvernement la lui devait pour des objets de ses manufactures, qu'il avait été obligé de livrer par réquisition.

Il n'était pas seul ; son jeune ami Franville l'accompagnait. Ayant suivi avec autant de constance que d'ardeur la carrière des armes, Franville, comme nous nous y attendions, avait monté en grade. Il était alors chef de bataillon, et venait se rétablir à Paris de plusieurs blessures reçues dans la Vendée.

— » J'ai mille fois gémi , nous dit-il , d'avoir à combattre des compatriotes ; mais je n'avais pas le choix de mon poste. Du moins , j'ai adouci autant qu'il m'a été possible les horreurs de la guerre. »

Ces deux amis , et les honnêtes artisans chez qui Angélique avait demeuré à l'époque du neuf Thermidor, furent nos seuls témoins.

La veille du jour fixé, Angélique me demanda le soir une entrevue particulière : je me doutais de ce qu'elle désirait me dire. Elle m'invita de nouveau à bien examiner mes dispositions , et à m'assurer si je n'aurais pas la plus légère répugnance de contracter ce lien? — « Je t'appartiens pour la vie, me dit-elle;

tu es l'arbitre suprême de mon sort. Si
quelque souvenir importun te faisait
craindre de ne pas être heureux dans
notre union conjugale, restons ce que
nous sommes : tu n'en auras pas moins
un pouvoir absolu sur ma personne. Il
est d'autant plus essentiel que tu ré-
fléchisses bien à ce que tu vas faire,
que je te conjure de ne pas croire à
la possibilité de divorcer un jour :
laissons à d'autres ce remède souvent violent contre les unions mal
assorties. »

Sa délicatesse me toucha : je la
rassurai par les sermens les plus
forts ; et le lendemain nous fûmes
unis par des nœuds indissolubles.

Nous partîmes aussitôt pour Ver-
sailles avec nos témoins. Nous errâ-
mes dans les magnifiques prome-
nades de cette royale demeure, alors
devenue une profonde solitude : nous

allames même dans les appartemens , et nous éprouvâmes des sensations extraordinaires en parcou-
rant cette longue galerie décorée par
Lebrun, où tout rappellait le règne
long-temps glorieux de Louis XIV.
Nous évoquâmes en quelque sorte les
ombres de tant d'hommes admi-
rables en tout genre, qui s'étaient
souvent réunis dans ce palais : nous
songeâmes à ces femmes ornées de
tant de grâces qui avaient embelli
une cour fastueuse ; nous ne fûmes
que plus fortement frappés de l'a-
bandon auquel ces beaux lieux
étaient livrés , par une révolution
que, du temps de Louis XIV, on était
bien éloigné de prévoir.

Le soir nous revînmes chez nous ;
et Angélique, devenue réellement
madame St.-Félix , me parut avoir
le sentiment le plus intime de sa nou-

velle situation. Nous approchâmes
du lit nuptial ; avant de s'y placer,
elle me dit, d'une voix dont je ne
peux retracer l'expression touchante:

— « Il a long temps été le témoin de
nos plaisirs, puissent-ils ne pas être
moindres, lorsqu'ils viennent d'être
légitimés! O mon ami! je sais combien tu dois être attaché aux plus
doux souvenirs: garde-toi de me faire
injure, en supposant que je m'afflige
de tes regrets. Remplaçant celle que
tu ne dois jamais oublier, je n'ai, je
n'aurai jamais la prétention injuste
de la bannir de ton cœur : puissé-je
avoir avec elle quelque ressemblance, afin de mériter encore mieux
ton amour! Ce sont là mes plus chères
prétentions. »

Je la pressai contre mon sein: je
lui jurai que des souvenirs ineffaçables ne lui nuiraient point dans

mon cœur ; elle m'assura que jamais
l'épouse ne ferait disparaître en elle
le caractére de l'amante ; et nous
eûmes une de ces nuits fortunées qui,
élevant les ames aimantes au-dessus
de la condition humaine , ne leur
permettent pas de rien envier à la
félicité des anges.

CHAPITRE XXII.

Complot infâme. — Ses résultats.

———

A NGÉLIQUE s'était aperçue de très-
bonne heure qu'elle était enceinte.
Nous avions encore près de huit mois
à attendre la naissance de l'enfant
qui déjà nous était si cher ; cependant
mon épouse aimait à me parler de
lui, comme s'il eût été près de venir
au monde ; et toujours elle terminait
ses discours par ces mots prononcés
avec sentiment : — « O mon ami ! si
c'est une fille, nous ne la marierons
pas contre son inclination, n'est-il
pas vrai ? » Un soupir à demi-étouffé

II   7*

accompagnait d'ordinaire cette ma-
nifestation de ses sentimens sur une
matière qu'elle avait tant à cœur;
et il fallait mes assurances les plus
positives de me conformer à sa vo-
lonté pour rendre la tranquillité à
son ame.

Tandis qu'elle songeait ainsi d'a-
vance au sort de son enfant, le plus
infâme complot s'ourdissait contre
notre bonheur, et il ne tarda pas à
être mis à exécution.

Adèle et Cécile, toujours accom-
pagnées du grand blondin, digne as-
socié de leurs plaisirs comme de
leurs méchancetés, rendaient visite à Angélique de temps en temps.
Elles choisissaient les momens de
mon absence, car elles avaient sé-
duit, le ciel sait comment, un de
nos deux laquais : elles se ména-
geaient ainsi la facilité de la ren-

contrer aux spectacles, aux prome-
nades et dans les autres lieux de
réunions publiques. Quoique Angélique n'allât jamais les voir, cette
négligence ne les rebutait pas. J'aurais pu leur défendre notre porte,
mais outre que j'étais loin de
soupçonner la noirceur de leurs
plans, mon épouse me dissimulait
celles de leurs visites dont je n'avais
pu avoir connaissance par moi-
même, de peur que je n'en vinsse
à une rupture ouverte. Elle était
obligée de se rappeler, en gémissant,
les reproches auxquels elle s'était
autrefois exposée, et tremblait qu'on
ne les renouvellât dans un moment
où la société ne subsistait pour ainsi
dire que de récits d'aventures scan-
daleuses. Telle est presque toujours
la position pénible où tant de femmes
se placent. Ah ! c'est surtout pour

leur intérêt qu'elles devraient ne point s'écarter du chemin de la vertu.

Tout se gâte dans un vase cor-rompu, dit une phrase proverbiale : Cécile en offrit la preuve ; elle avait lu *Clarisse* : ce qu'elle retint de ce chef-d'œuvre, ce fut l'infâme moyen employé par Lovelace pour attenter à la pudeur de cette infortunée. Elle et sa complice avaient remarqué que l'appartement d'Angélique donnait sur un petit jardin : elles disposèrent leurs embûches en conséquence.

Un soir donc que j'étais dehors pour une affaire importante, elles vinrent chez nous avec le jeune homme qui se nommait Dercour ; le perfide valet les reçut, et chargea aussitôt son ca-marade d'une longue course en ville. La femme de chambre fut aussi écar-tée ; on l'envoya chercher une couronne de fleurs artificielles, qu'Adèle destinait, disait-elle, à Angélique, et qu'elle avait oubliée. Mon épouse refusa en vain ce présent, et se vit ainsi seule à la merci de nos ennemis.

Voici quel était leur plan : Cécile devait paraître très-incommodée et demander du thé ; chacun en aurait pris, et elle se proposait de jeter un fort narcotique dans la tasse d'Angélique ; alors on aurait tâché de la transporter dans une voiture par le jardin, mais non pas sans que le misérable libertin eût attenté à son honneur. S'il eût été impossible de réussir, l'aventure était toujours assez scandaleuse, et l'on aurait ordonné à Angélique de se taire, sous peine d'entendre partout divulguer sa honte supposée.

Tout se passa d'abord comme on l'avait désiré ; la femme de chambre partit : Angélique fit le thé , et en offrit aux complices de Cécile ; mais elle ne voulut jamais consentir à en prendre sa part. Son médecin lui avait dit que cette liqueur chaude dégradait l'estomac , et pour ne pas exposer au plus léger inconvénient l'enfant qu'elle portait, elle résolut, dès ce moment , de renoncer au thé pour toujours. Ainsi , par le plus heureux concours de circonstances, l'amour maternel la sauva.

On avait prévu la possibilité de son refus ; et comme le temps était précieux, les deux femmes, sous un prétexte quelconque, sortirent de la chambre. Dès qu'elles furent dehors, Angélique reçut du jeune homme, dans le jargon d'usage, une déclaration passionnée. A peine eut-elle le temps de lui témoigner son indignation , qu'il essaya de recourir à la force. Angélique hors d'elle-même s'élança vers sa sonnette ; mais le misérable valet n'eut garde de venir.

Il est des actions tellement in-fâmes, que l'on se hâte de les indi-quer. Je dirai donc, pour terminer un récit dont le souvenir fait encore bouillonner mon sang, que les deux femmes allaient accourir , prêter leur secours au libertin, et assurer son abominable triomphe; lorsque le plus heureux incident vint arracher Angélique à un si grand danger.

Je rentrais en ce moment même , avec le second domestique rencontré par moi dans la rue voisine. Je crus entendre, du côté de l'appartement d'Angélique, des cris étouffés : je me hâtai d'y courir. Croira-t-on que les dignes amies du coupable , que je vis d'abord , essayèrent de me re-tenir : leur vue seule me donna je ne sais quels vagues soupçons ; et , sans les écouter, je m'avançai vers la chambre. Elles me suivirent, affectant de parler fort haut. Nous trouvâmes Angélique très-émue , et les vêtemens en désordre. Dès qu'elle me vit , elle poussa un cri et alla se jeter dans mes bras, où elle perdit connaissance. Ses forces s'étaient épuisées dans une lutte très-vive ; et le bruit que j'avais entendu provenait des efforts qu'elle avait faits pour crier , lorsque le jeune homme cherchait à lui fermer la bouche avec un mouchoir.

Sans cesser de soutenir Angélique, je sonnai ; et le domestique étranger à ce complot parut aussitôt. Je confiai ma femme à ses soins, et je demandai , d'un ton de l'indignation la plus légitime, ce que signifiait cette étrange scène. Aussitôt les trois

complices eurent l'impudence de
prendre le ton de la plaisanterie.
Le jeune homme me dit en ricanant
que ma femme s'était fâchée à tort
de quelques propos galans, qu'il lui
avait tenus pour se conformer à l'u-
sage.... Il n'eut pas le temps d'achever : je le saisis au collet et je l'en-
traînai. Tout en se débattant, il
m'assura qu'il était tout prêt à me
faire raison. Très-heureux qu'Angélique n'entendit pas ces paroles ;
je l'assurai que je consentais à lui
faire un honneur dont il était in-
digne. Je lui donnai rendez-vous
pour le lendemain matin au bois de
Boulogne. Les amies le suivirent,
en déclarant qu'il était affreux d'a-
voir une affaire pour si peu de chose,
que j'étais aussi emporté que ma
femme s'était montrée *bégueule*;
que si tout le monde nous ressem-

II. 8

blait la sociéte ne pourrait pas subsister : tous propos dont je supprime
la plus grande partie, et qui ne mon-
traient que leur impudence et leur
dépravation.

CHAPITRE XXIII.

Momens qui précèdent le duel.

———

A mon retour, Angélique avait repris ses sens, et je renvoyai le valet. Ses premiers mots furent qu'elle était toujours digne de moi : puis, pleurant de joie et de douleur tout à-la-fois, elle me raconta comment l'absence des deux femmes avait rendu le jeune homme très-audacieux. « J'étais résolue à périr, dit-elle, et seul il n'aurait pu triompher de ma résistance; mais sans ta venue, je crois que ces femmes, la honte de mon sexe, auraient réuni leurs efforts aux siens. »

Je la laissai aux soins de sa femme de chambre : elle venait de rentrer avec la guirlande, que je jetai dans la rue; et j'allai vers les domestiques. Celui qui avait tout à craindre d'une explication, venait de disparaître : je dis à l'autre de se tenir prêt à m'accompagner le lendemain à six heures du matin, et de garder le silence sur tout ce qui s'était passé.

Je trouvai Angélique très-inquiète sur les suites de la dispute pendant son évanouissement. Je lui répondis qu'elle ne devait avoir aucune crainte, que nos lâches ennemis n'avaient rien de mieux à faire que de garder le silence. Bref, j'affectai une grande sécurité : je lui fis les plus faux, comme les plus excusables sermens, afin de lui persuader que nulle suite fâcheuse n'était à redouter; et je parvins à la tranquilliser.

J'avais depuis long-temps mis ordre à mes affaires, et disposé de
tout ce que je possédais en faveur
d'Angélique, si elle n'avait pas d'enfans. Je n'eus donc, à ce sujet, aucune
nouvelle résolution à prendre, et je
me livrai tout entier aux tendres sentimens que j'éprouvais.

Il faut avoir été dans une semblable
situation pour savoir combien une
amante, une épouse devient encore
plus chère, lorsque l'on se dit : sous
quelques heures, peut-être, je l'aurai
perdue pour toujours. Certes, j'avais
vu la mort de près, et je ne la craignais pas ; mais quelle différence !
Quand j'avais marché aux combats,
le cœur brisé par une perte récente,
je n'attachais aucun prix à la vie.
Maintenant, lorsque j'entrai dans le
lit d'Angélique, portant dans son sein
un gage de notre amour, je ne pus

m'empêcher de me dire : y revien-
drai je demain ?

Je tins long temps Angélique éveil-
lée : elle s'endormit enfin , et j'at-
tendis l'aurore , tourmenté de la plus
vive impatience. Elle parut. Je me
levai avec une extrême précaution ,
et jetai les yeux sur Angélique , livrée à un sommeil agité. Ses craintes
se renouvellaient , et la poursuivaient
jusques dans ses songes: cependant ,
cet état n'altérait en rien ses charmes.
J'effleurai son front d'un baiser ; me
reprochant mon imprudence , mais
ne pouvant me résoudre à ne pas
lui dérober cette légère faveur , lorsque je la quittais peut-être pour
toujours.

Dès la veille , j'avais chargé en
secret sa femme de chambre de lui
dire que je serais rentré à huit heures
très-précises. Je pris une paire de

pistolets et mon épée; car je ne voulais pas terminer ce duel par un dé-
jeûner, suivant l'usage de tant de
gens qui font semblant d'aller se battre pour dire : j'ai eu une affaire.
J'étais résolu que l'un des deux res-
terait sur la place. Je me hâtai donc
d'arriver au lieu du rendez-vous
avec mon domestique. Je n'avais pas
eu le temps de chercher un témoin,
mais cet homme était brave et fidèle :
aucun ami ne m'aurait été, dans une
telle circonstance, plus utile que lui.

~~~~~~

CHAPITRE XXIV.

Je me rends au Bois de Boulogne. — Événement inattendu.

—

Arrivé dans la partie du bois que Dercour et moi nous nous étions bien désignée, je fus fort surpris de n'y voir qu'un jeune homme qui m'était inconnu. Je crus qu'il venait là pour un dessein semblable au nôtre, et que Dercour n'était pas encore arrivé; mais il me détrompa en m'abordant très-poliment , et en me priant de l'écouter.

—« M. St.-Félix, me dit-il, car j'ai l'honneur de vous connaître , sans être connu de vous; hier , à dix heures

du soir, Dercour, mon ami, est venu
me prier de lui servir de témoin contre vous. J'ai voulu être informé des
détails de l'affaire ; et nous avons eu
un entretien dont le résultat a été
la lettre que je vous apporte.

Je l'ouvris , et lus avec une extrême surprise ce qui suit :

« MONSIEUR,

« J'ai pu être un homme sans
principes , et gâté par des sociétés
méprisables; mais je considère maintenant sous son véritable point de
vue notre querelle. Je ne me battrai
point contre vous : je n'exposerai
point vos jours, (car, vous le savez,
le sort de ces affaires est toujours
incertain) parce que des femmes, que
je ne reverrai jamais , m'auraient
voulu rendre le complice de leurs
vils complots. Je ne tenterai point

de plonger dans une douleur inter-
minable votre vertueuse époue, parce que j'ai agi avec indignité envers
vous deux : présentez-lui, je vous en
conjure, l'assurance de mon repentir et de mon profond respect.

« Quant à vous, Monsieur, je ne
me dissimule pas que ce repentir
peut vous paraître singulier ; mais
attendez avant de m'accuser de lâ-
cheté. Ou je me trompe fort, ou les
circonstances politiques vont amener
de grands événemens. Mes principes, sous ce rapport, sont les vôtres :
vous verrez si je saurai les défendre.

» Agréez, etc. »

DERCOUR.

Avant d'aller plus loin, je dois
dire qu'en effet le treize Vendémiaire arriva bientôt ; que Dercour
marcha contre les anarchistes, et

qu'il fut du petit nombre de braves
qui auraient triomphé, s'ils eussent
eu plus d'imitateurs. Il fut emporté
par un boulet des troupes conven-
tionnelles, après avoir déjà reçu
deux coups de fusil.

L'ami de Dercour se nommait
Firmin. Il ne me cacha pas qu'il lui
avait représenté avec force combien
il aggraverait ses torts, en ne prenant pas le parti de me faire des
excuses. « Mais, ajouta-t-il, je lui
dois rendre cette justice, que j'ai eu
peu de mal à lui rappeler les sentimens de l'honneur et de l'équité. Il
y a beaucoup de jeunes-gens comme
lui, M. St-Félix, auxquels il ne faut
qu'un bon conseil, donné à propos,
pour les ramener dans la route du
bien. »

J'en convins. Il me donna son
adresse et reçut la mienne; puis il

me laissa libre de rejoindre Angélique. Je courus vers elle, impatient
de tout lui raconter et de faire cesser
les craintes auxquelles mon absence
devait l'avoir livrée.

CHAPITRE XXV.

Le 13 Vendémiaire et ses suites.

—

Je n'ai jamais eu tant besoin, qu'en ce chapitre, de me souvenir que je ne veux ni trop rembrunir mes tableaux, ni empiéter sur les droits de l'Histoire. Au reste, puisque la *Fronde*, malgré tant de sang répandu, a pu être considérée sous des aspects ridicules et bisarres, je vais m'efforcer de ne pas trop voir autrement le 13 Vendémiaire an IV, ou le 5 octobre de l'an de grâce 1795.

On avait dit au peuple : Tu es souverain ; use de ta souveraineté avec toute la latitude possible, pourvu que, sur tes nouveaux représentans, les deux tiers soient choisis parmi les Conventionnels : tu leur dois bien ce petit témoignage de reconnaissance.

La fraction du souverain qui habitait Paris trouva ces paroles un peu dures, et ses réclamations furent répétées dans les départemens. Il y eut donc conflict entre les Conventionnels et les sections de Paris. D'un côté l'on eut des troupes et de la mitraille, de l'autre on fit de beaux discours, et on ne s'aperçut pas que l'on avait livré ses propres canons, quelque temps auparavant, à ceux que l'on allait combattre. Un petit nombre d'anarchistes se rangèrent autour de la Convention, qui n'eût pas même besoin de leur secours. Un nombre également assez

peu considérable de jeunes gens
marcha pour empêcher la lave révolutionnaire de continuer encore
ses ravages. Presque tous périrent.
Des chefs à-peu-près invisibles pendant l'action, disparurent tout-à fait
dès qu'elle fut terminée, et la Convention rendit quelques décrets où,
vantant sa douceur, elle s'honora
aux yeux de l'Europe de n'avoir pas
trop *travaillé la marchandise.*

Je ne cesserai jamais de croire
que ses Agens firent tout pour que
les Parisiens provoquassent cette
journée. La raison en était évidente :
sans l'explosion qui eut lieu, une
résistance indirecte mais opiniâtre,
et la seule force d'inertie, obligeaient
la Convention à ne plus savoir quel
parti prendre. Elle ne pouvait ni se
séparer, ni rester plus long-temps
réunie.

Quoiqu'il en soit, nous étions un certain nombre de gens déterminés à faire en sorte que les mots ne fussent plus pris pour les choses. Nous désirions que l'on voulût bien s'entendre, et cesser de sauver la patrie tous les quinze jours. Dans cette levée de boucliers, la plus unanime d'intentions, mais non d'efforts qui ait eu lieu depuis l'origine de la révolution, nous songions à nous montrer avec énergie au moment du danger.

Il n'était pas surprenant qu'à l'approche d'une telle crise il se formât, dans les maisons, de petits conciliabules. Mon ami Harmand, quoique un peu inquiet sur le recouvrement de ses fonds, ne manqua point de partager mon indignation contre les aspirans à la perpétuité. Il trouvait que l'on chantait un peu trop victoire dans les spectacles, tandis que nos ennemis faisaient filer des troupes sur Paris; mais du reste il était fort content de nous autres jeunes gens. Quant aux citoyens d'un âge mûr, il était persuadé qu'ils prendraient avec ardeur, quand le moment décisif serait venu, le parti le plus prudent. C'était un homme d'une rare sagacité que mon ami Harmand. Jamais, dans aucune de ces grandes crises, il n'a formé une seule fausse conjecture.

Dercour eut un sentiment assez vrai de ses torts pour ne pas se présenter devant Angélique, malgré sa lettre qu'elle avait hautement approuvée. Son ami Firmin entretenait avec moi des relations très-actives; nous marchâmes ensemble le jour de l'action.

Il assista, le 12, à un dîner que je

II.   8*

donnais : Harmand parlait peu , et
Angélique encore moins ; mais notre
principal chagrin vint de Franville
qu'Harmand avait amené. Sûr comme nous qu'une action était devenue inévitable , il nous dit, avec sa
franchise ordinaire, qu'il allait défendre les Tuileries. Nous poussâmes
un cri de douleur ; mais il objecta la
nécessité de suivre toujours la même
ligne , etc. , etc. ; d'ailleurs, ajouta-t-
il , on ne peut pas se dissimuler que
le mouvement des sections ne soit
royaliste...

—« Dites plutôt, interrompit Angélique , qu'elles ont l'insigne tort
de ne pas en convenir ouvertement:
c'est là ce qui les perdra. »

Franville , incapable de rien répondre à une observation si juste ,
se leva. Nous étions au dessert. Les fu-
sils d'Harmand et de Firmin avaient

été réunis dans un coin de la salle
à manger, avec ma paire de pistolets; ma blessure à la main gauche
ne me permettant plus de me servir
d'un fusil.

Franville jeta les yeux vers ces
armes, et les rabaissa sur la garde
de son épée. Il était évidemment
ému. — Ainsi donc, dit-il, le sang
français va encore être versé par des
Français! Ne suffisait-il pas ?..»

—« Franville, lui dit Harmand, si
nous nous trouvons, mes amis et
moi, en face de vous, nous tirerons
en l'air. »

Ils se serrèrent la main ; et Franville disparut.

Le lendemain, nous marchâmes
avec très-peu d'ordre, mais avec
une ardeur que des décharges réi-
térées de mitraille rallentirent bientôt chez la plupart d'entre nous.

Cependant , Firmin et Harmand tinrent ferme à mes côtés ; pour moi, je fis mon devoir.

Au plus fort de l'action, près de la petite rue Saint-Louis , nous fûmes frappés d'étonnement à la vue d'un jeune homme , âgé en apparence de seize ans tout au plus , et qui s'exposait avec une rare intrépidité. Harmand était toujours près de moi. Firmin , blessé au bras et hors d'état de tenir un fusil , s'était vu forcé de se retirer. Nous étions entraînés par ceux qui battaient en retraite. Harmand dit alors à l'inconnu : — Cédez, comme nous, puisqu'il le faut, brave jeune homme ; votre âge , votre colet et vos retroussis noirs , vos cheveux relevés avec un peigne : tout vous expose plus qu'un autre à la fureur des soldats.

En parlant ainsi, il emmenait le

jeune homme , et j'étais un peu en arrière d'eux. Tout-à-coup, je me retourne pour parer le coup de bayonnette qu'un soldat m'allait porter. Je n'aurais pas été assez prompt, si l'inconnu ne lui eût cassé la tête d'un coup de pistolet. Après ce dernier acte de valeur , sa force parut l'abandonner. Il me prit le bras, et nous marchâmes avec Har-mand vers ma demeure. L'affaire était décidée ; il ne s'agissait plus que de savoir comment les vain-queurs useraient de leur facile triom-phe.

Le tumulte du combat et la fu-mée m'avaient d'abord empêché de voir la figure de notre jeune cama-rade : l'obscurité déjà venue m'op-posait alors le même obstacle. — «Vous à qui je dois la vie, lui dis-je, venez chez moi reprendre vos for-

ces , et recevoir l'expression de ma
reconnaissance. Ah ! si beaucoup
d'autres vous eussent ressemblé ,
notre cause triomphait; et qui sait ,
grand Dieu ! combien d'années encore nous aurons à souffrir ! »

L'inconnu nous accompagna volontiers; mais il ne répondait rien.
Quand nous montâmes l'escalier,
Harmand lui dit : — Un jour comme
celui-ci rend promptement amis ;
nous sommes les vôtres à la vie, à
la mort. L'excellente épouse de mon
cher Saint - Félix va se joindre à
nous , elle est. . .   •

« La plus heureuse des femmes ! »
s'écria l'inconnu, en qui, pour la
première fois seulement, nous reconnûmes Angélique.

« Quoi ! m'écriai-je, c'est toi que
j'ai admirée dans l'action ? C'est toi
qui as préservé des jours. . .

« Qui m'appartiennent, répondît-elle, j'ai travaillé pour moi. »

Harmand paraissait près de pleurer et de rire tout à-la-fois. — Ah ! petit *Muscadin*, s'écria-t-il, je me souviendrai de vous....

« La journée vaut la peine que l'on s'en souvienne, repris je, car le sentiment de nos malheurs vint aussitôt m'accabler. Cruelle, ajoutai-je, tu n'as donc pas songé à ton état ? »

Angélique m'embrassa : elle sentit qu'elle n'avait pas de bonne réponse à me faire ; et Harmand s'écria aussitôt :

« Mon cher Saint-Félix, laissez les mitrailleurs se réjouir au milieu du désastre des gens de bien ; je soutiens qu'il n'existe pas aujourd'hui dans Paris un homme plus heureux que vous. »

En ce moment Firmin arriva, le bras en écharpe. Il nous raconta la mort de Dercour, et nous lui donnâmes de sincères regrets.

« Mais, comment, dit Angélique, en rougissant un peu, cet homme doué de si bons sentimens a-t il pu connaître une Adèle, une Cécile ? »

— « Bah ! répondit Harmand, de telles femmes ont-elles une opinion? Ne doutez pas que devant lui, elles ne se soient montrées ennemies des anarchistes. Ne sont-elles pas au besoin tout ce que l'on veut? »

Il n'eut pas le temps d'en dire davantage, car au même moment, la porte s'ouvrit, et nous vîmes entrer plusieurs militaires conduits par un homme à bonnet rouge, dans lequel, sans surprise, nous reconnûmes Vipérin.

— « Citoyen, me dit-il, je viens

arrêter au nom de la loi. Vous avez été signalé comme un des meneurs de votre section.

—« Citoyen, je n'ai rien à répondre ; le bon temps recommence, je le vois , et nous avons eu tort contre vos canons. »

— « Ah! ah ! bonnes gens, reprit-il en riant, vous ne vous attendiez pas à cela? Mais , à propos, que l'on emmène aussi ce petit Incroyable à colet noir !»

— « Emmener une femme ! » m'écriai-je.

— « Pourquoi t'y opposer ? » me dit Angélique.

Une explication s'ensuivit. Les militaires dirent qu'ils n'avaient ordre que de m'arrêter seul ; et Vipérin, à son extrême regret , fut obligé de céder.

— « Nous allons travailler à votre

II.   9

liberté,» me dit Harmand; et il ajouta plus bas. « Ils n'oseront abuser
d'un triomphe qui les épouvante
eux-mêmes. L'argent fera le reste.'»

— « Où conduisez-vous mon mari ? » dit Angélique.

On lui répondit que c'était au
collége Mazarin. Nous nous rappe-
lâmes le Plessis; mais un sentiment
secret nous faisait croire à la réalité
de la prédiction d'Harmand.

Effectivement, je ne fus arrêté
que pendant quelques jours, et Angélique vint me voir avec assiduité.
Enfin, Harmand m'apporta ma délivrance, motivée sur ce que l'on
n'avait pu trouver de charges contre
moi.

A cette époque, une nouvelle ère
commença pour ma triste patrie. La
chute du trône avait inondé de sang
la France et l'Europe; mais nous

eûmes l'insigne avantage d'avoir à la tête d'un gouvernement que l'on appelait *républicain*, cinq Conventionnels choisis parmi les plus fameux ; et des gens tels que Jumar et Vipérin ne manquèrent pas de devenir commissaires du Directoire.

Tout, dès le principe, alla fort mal ; et il fut aisé de voir que le nouvel état de choses n'avait pas même la confiance de ceux qui s'étaient le plus donné de peines pour l'établir.

Un événement domestique des plus heureux vint faire diversion au dégoût que nous inspirait la marche faible et perfide d'un gouvernement avili. Six mois environ après la catastrophe du 13 Vendémiaire, Angélique donna le jour à une fille. Nous étions convenus, elle et moi, qu'elle recevrait un nom de chacun

 196)

denous. Je n'avais pas long-temps
à chercher : je lui donnai celui
de sa mère. Angélique eut la déli-
caesse de l'appeler *Elisabeth*. Cette
chère épouse, qu'en narrateur véri-
dique j'ai d'abord été forcé de présenter sous un aspect peu favorable,
avait maintenant juré de se faire
adorer: exemple bien remarquable
du changement absolu qui peut s'o-
pérer, parfois, dans les habitudes
et le caractère des femmes ; mais sur
lequel il ne serait peut - être pas
toujours prudent de compter.

FIN DU TOME SECOND.

www.ingramcontent.com/pod-product-compliance
Lightning Source LLC
Chambersburg PA
CBHW051822020726
47502CB00005B/1580